Vera Chapman

Die Braut des grünen Ritters

Roman

Aus dem Englischen von
Norbert Stöbe

Deutscher Taschenbuch Verlag

Deutsche Erstausgabe
April 2001
Deutscher Taschenbuch Verlag GmbH & Co. KG,
München
www.dtv.de

Titel der englischen Originalausgabe:
›The Green Knight‹ (Rex Collings Ltd, London 1975)

Umschlagkonzept: Balk & Brumshagen
Umschlaggestaltung: ARTPOOL, München
Satz: Kalle Giese, Overath
Gesetzt aus der Sabon (Berthold) 10/13'
Druck und Bindung: C. H. Beck'sche Buchdruckerei,
Nördlingen
Gedruckt auf säurefreiem, chlorfrei gebleichtem Papier
Printed in Germany · ISBN 3-423-20412-5

Vorbemerkung der Autorin

›*Sir Gawain and the Green Knight*‹ ist ein in Versen verfaßter Ritterroman des vierzehnten Jahrhunderts, dessen sich der verstorbene Professor J. R. R. Tolkien auf eigenwillige Weise angenommen hat. Es gibt mehrere moderne Fassungen, doch die Fassung des Professors wird mit Spannung erwartet.

Die Geschichte kommt bei Malory nicht vor, obwohl er mehrere Erzählungen von Sir Gawain von Orkney aufführt, einem Charakter, der in die vorliegende Erzählung nicht hineinpaßt, so daß ich mir die Freiheit genommen habe, von einem jüngeren Gawain auszugehen. Die im Ritterroman erzählte Geschichte wirkt auf den ersten Blick unfertig, was mich zu spekulieren veranlaßte, ob der Grüne Ritter und die Herrin der Burg Haut-Desert nicht unwissentlich Komplizen Morgana le Fayes gewesen sein könnten. Und so entwickelte ich nach und nach den Rest der Handlung.

Im Umgang mit den überlieferten Artussagen habe ich mir keine größeren Freiheiten herausgenommen als seinerzeit die fahrenden Sänger und Barden; dies ist nichts weiter als eine Geschichte, und als solche bittet sie um Gehör.

V. C. 1975

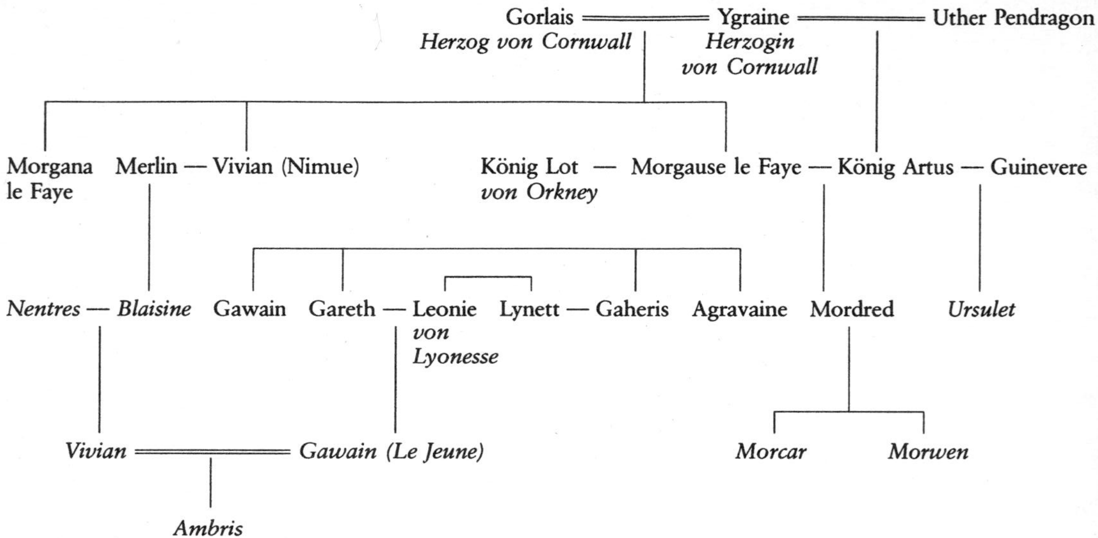

[*Anmerkung der Autorin:* Die kursiv gesetzten Namen habe ich erfunden. Alle anderen gehen auf Malory zurück.]

I

Vivian

Wir wendeten die Pferde und ritten in diesen schrecklichen finsteren Wald hinein – Lady Morgana le Faye, ich selbst, ihre fünfzehnjährige Nichte, und die vier schweigsamen Bediensteten, die uns begleiteten. In einem solch dunklen Wald war ich noch nie gewesen.

Eigentlich war ich überhaupt noch nie in einem Wald gewesen – bis vor einer Stunde hatte ich, soweit ich zurückdenken konnte, in der wohlbehüteten, sonnigen Stille des Klosters von Amesbury gelebt. Und jetzt dies ...

Die Pferdehufe machten kein Geräusch auf den weichen Kiefernnadeln. Es war so dunkel, daß ich zunächst gar nichts sah; nach einer Weile aber erblickte ich eine kleine gelbe Schlange, die unmittelbar vor meinen Augen kopfunter von einem Ast hing – ihr winziger Kopf war der einer Frau. Ich schrie auf und bekreuzigte mich.

»Tu das nicht«, sagte meine Tante mit ruhiger, strenger Stimme. Sie zeigte auf die Schlange mit dem Frauenkopf, die sich daraufhin wie eine Feder zusammenrollte, und wir ritten weiter. Doch der ganze Wald war voller Wesen, wo man auch hinsah, raschelte und regte es sich, glänzende Augen starrten einen an, überall waren kleine Vögel, aber nicht nur Vögel, auch Eichhörnchen und Wiesel und andere

Wesen. Der Wald bestand aus Tannen und Kiefern, es gab keine Laubbäume und kein Unterholz, bloß die hohen braunen Stämme und das Gewirr der abgestorbenen Äste, die dort, wo niemand hinkam, die Stämme säumten. Dann sah ich irgendwelche kleinen Tiere, die gar keine Tiere, sondern kleine braune Menschlein waren, unter den abgestorbenen Ästen umherhuschen. Einige waren teils Mensch, teils Tier, Eichhörnchen mit winzigen Menschenköpfen und Armen oder Vögel mit merkwürdigen geschnäbelten Menschengesichtern. Dies erschreckte mich, doch ich wagte nicht, mich zu bekreuzigen.

»Weshalb fürchtest du dich?« fragte meine Tante, ohne sich umzuschauen. »Das hier ist ganz alltäglich und natürlich – ja sogar gewöhnlich. Wenn es dich nach Wundern verlangt, sollst du bald bessere zu sehen bekommen.«

Eigentlich war sie meine Großtante, meines Wissens meine einzige lebende Verwandte. Ich bin Vivian, die Tochter Blaisines, welche wiederum die Tochter Vivians war, genannt Nimue. Diese Vivian-Nimue war die jüngste der drei Hexentöchter der wunderschönen Ygraine von Cornwall – Morgause, die Königin von Orkney, und Morgana le Faye waren die beiden anderen. Ygraine aber war auch die Mutter König Artus' und mit Uther Pendragon vermählt, so daß ich von ferne mit König Artus verwandt bin. Ich nehme an, daß auch in meinen Adern Hexenblut fließt, wenngleich ich damals dachte, es sei eher dünn. Doch da wußte ich noch nicht, wer mein Großvater war.

Meine Mutter starb bei meiner Geburt, und mein Vater fiel im Kampf in König Artus' Diensten. Soweit ich zurückdenken konnte, hatte ich bei den freundlichen Nonnen von Amesbury gelebt. Ein friedlicher und stiller Ort; die arme

Guinevere hatte dort nach allem, was sie durchgemacht hat, ihren Frieden gefunden – aber Gott sei Dank ist dies nicht Guineveres Geschichte, sondern meine. Niemand kam mich je besuchen außer Morgana le Faye, die eine anregende, wenn auch bisweilen recht störende Verwandte für mich war. Und dann eines Tages – an dem Tag, bevor diese Geschichte beginnt – platzte sie bei uns herein und eröffnete der Äbtissin, sie wolle mich mitnehmen. Sie sagte nicht wohin, auch den Grund für ihren Entschluß nannte sie nicht.

Da stand sie nun im Empfangsraum der Äbtissin, funkelnd und knisternd wie ein Feuer, und die Äbtissin, eine beeindruckende Persönlichkeit, wie es nur wenige gibt, und lebendiger als wir alle, wirkte neben ihr wie ein kalter Fisch. Und als sie mich fragte: »Nun, kleine Vivian, kommst du mit?«, da antwortete ich natürlich: »Ja, gern!«, als stünde ich unter einem Bann.

»Du wirst uns fehlen, Vivian«, sagte die Äbtissin sanft, und ich erwiderte: »Ja, natürlich ...«, in solch munterem, gleichmütigem Ton, daß mir erst hinterher aufging, wie undankbar ich mich dieser liebenswürdigen Frau und all den anderen gegenüber erwiesen hatte. Als es mir bewußt wurde, weinte ich, doch da war es bereits zu spät.

»Wann brechen wir auf?« fragte ich neugierig, und als Tante Morgana sagte: »Morgen früh«, konnte ich es kaum erwarten, von der Äbtissin entlassen zu werden. Ich flatterte davon wie ein Vogel und überbrachte die Neuigkeit meinen Gefährtinnen, stopfte meine Habseligkeiten in einen Beutel und gab mit dem Kleid und dem Umhang an, die mir meine Tante für die Reise geschenkt hatte.

Morgana le Faye verbrachte die Nacht natürlich im Kloster und stellte im Refektorium und in der Kapelle beispielhafte Höflichkeit und makellose Frömmigkeit unter Beweis – sie war so würdevoll, so liebenswürdig, so umsichtig, so gottesfürchtig. Später sollte ich darüber lachen. Damals fand ich, sie stünde der Äbtissin in nichts nach. Bloß zwei Dinge waren merkwürdig, doch das fiel mir erst im nachhinein auf. Sie bekreuzigte sich kein einziges Mal und scheute die Berührung mit dem Weihwasser.

Früh am Morgen brachen wir auf. Für mich hatte sie ein cremefarbenes Pony mitgebracht (natürlich verstand ich mich leidlich aufs Reiten, denn bei gutem Wetter unternahmen wir mit Ponies und Eseln bisweilen kleine Ausritte durchs Dorf und über den sicheren Teil der Straße) – sie selbst hatte ein großes weißes Maultier, außerdem begleiteten uns vier Bedienstete auf kleinen, gedrungenen Pferden, die jeweils ein Packpferd nachführten. Wir boten wohl einen stattlichen Anblick. Es herrschte große Aufregung, die meisten Nonnen und auch einige meiner Gefährtinnen weinten beim Abschied, während die Äbtissin sehr ernst dreinblickte. Die Bediensteten erinnerten an eine Schar aufgescheuchter Hühner. Meine Tante verteilte Goldstücke ans jubelnde Gesinde.

Dies alles ging mir durch den Sinn, als wir durch den unheimlichen Wald ritten, bis es vor uns endlich wieder heller wurde.

»Tante Morgana«, fragte ich zaghaft, »wohin reiten wir?«

»Zur Burg Haut-Desert«, antwortete sie. »Sir Bertilak ist der Burgvogt.«

»Oh, ist das Euer Gemahl?« fragte ich in aller Unschuld.

Sie wandte sich im Sattel um und sah mich an.

»Mein Gemahl? Großer Gott, nein. Was für eine törichte

Frage. Du mußt noch lernen, keine dummen Fragen zu stellen.« Worauf sie kurz auflachte.

Ich war froh, als sie sich wieder von mir abwandte. Das Tageslicht drang bereits zwischen den Tannen hindurch, und bald darauf gelangten wir auf offenes, wildes Heideland – eine Landschaft, wie ich sie noch nie gesehen hatte: Baumlos, so weit das Auge reichte, und nahezu flach, das heißt ganz schwach gewellt, lag die trockene Hochebene unter dem weiten Himmel, gesprenkelt mit niedrigen Wacholderbüschen. Vor uns lagen die Steine, jener uralte Ort, den das Landvolk Stonehenge nennt oder den Tanz der Riesen. Als wir aus dem Wald kamen, hoben sie sich scharf vom Himmel ab – alt, uralt, aber vollkommen, ein Kreis gewaltiger behauener Steinblöcke, abgedeckt mit einer Reihe von Querblöcken, einige dunkel wie Gewitterwolken, andere erstaunlich weiß, wenn sich das Licht veränderte; und innerhalb des Steinkreises ragten fünf riesige Trilithe auf, von denen drei höher waren als der Rest. Innerhalb des Kreises gab es noch einen zweiten Steinkreis, und von dort stieg irgendwo eine Rauchsäule auf. Am Rand des grünen Erdwalls, der alles umgab, stand eine einzelne mächtige Steinsäule, und zwischen diesem senkrechten Stein und dem Kreis lag ein weiterer Stein am Boden, geschmückt mit einem Blumenkranz.

Da meine Tante offenbar mit allem Magischen vertraut war, glaubte ich, sie werde sich den Steinen geradewegs nähern und mich womöglich in irgendwelche unvorstellbaren Teufelsriten verwickeln. Vielleicht hatte sie mich ja deshalb hergebracht, um mich auf den Stein zu legen und mir mit dem Messer an ihrem Gürtel die Kehle durchzuschneiden? Zu meiner Überraschung und Erleichterung wandte sie sich jedoch ab und schlug einen weiten Bogen um die Steine. Gleichwohl überlief mich ein kalter Schauder, wie es wohl auch den Toten ergeht, wenn eine Gans über ihr Grab hinwegläuft. Soweit ich anhand des Sonnenstands erkennen konnte, wandten wir uns nach Norden, und bald darauf hatten wir Stonehenge hinter uns gelassen und befanden uns wieder im Wald.

In diesem Wald wuchsen Eichen und Buchen, er war heller und freundlicher als der Tannenwald und jetzt, mitten im Hochsommer, voller Leben und Schönheit. Wilde Rosenbüsche und blühender Holunder säumten bisweilen den Weg, das Farnkraut leuchtete im Sonnenschein. Hier und da ragte ein Hirschgeweih daraus hervor. Hier gab es statt kleiner brauner Menschlein wunderschöne geflügelte Wesen mit Mädchengesichtern, die uns vors Gesicht flatterten und gleich wieder verschwanden; und mehrmals sah ich eine Gruppe Faune mit gelocktem Haar davonhuschen. Meine Tante aber brachte all diesen Geschöpfen Verachtung entgegen, als handelte es sich um niedere Lebensformen, ihrer Aufmerksamkeit unwürdig.

Mittlerweile war es Mittag, und ich hatte großen Hunger. Deshalb war ich froh, als sie eine Rast befahl und wir auf einer einladenden, grasbestandenen Lichtung absaßen. Wir ließen uns am Fuße einer Buche nieder, während die Bediensteten (welche die ganze Zeit über kein Wort gesagt hatten) bei den Pferden ein Stück abseits lagerten.

Während wir unter der Buche saßen, betrachtete ich meine Tante voller Verwunderung. Niemand kannte Morgana le Fayes Alter. Dies war eine ihrer Seltsamkeiten. Ich habe erlebt, daß sie einmal wie ein junges Mädchen aussah, ein anderes Mal wiederum wie ein altes Weib, das bereits mit einem Fuß im Grabe stand, meistens aber sah sie aus wie eine zierliche Frau von fünfundvierzig. Sie war die Schwester meiner Großmutter, das wußte ich, daher war sie so alt, daß sie ebenfalls meine Großmutter hätte sein können. Doch sie hatte ein faltenloses, ovales Gesicht mit zarter, olivfarbener Haut, schwarzes Haar ohne eine Spur von Grau darin – und ich hätte schwören können, daß es nicht gefärbt war – eine tadellose Figur, aufrecht und biegsam wie eine Gerte, mit einer Taille nicht stärker als meine. Sie war wie eine Handvoll Edelsteine, obwohl sie selbst keinen Schmuck trug. Männer fühlten sich unwiderstehlich zu ihr hingezogen, und auch Frauen blieben ihr gegenüber nicht gleichgültig.

»Also«, sagte meine Tante, »wenn du etwas wirklich Erstaunliches sehen willst …«

Sie hob die Hand und schnippte auf eigentümliche Weise mit den Fingern.

Zunächst vernahm man eine Musik – eine wundervolle, überirdische Musik, die aus dem Nichts ertönte, gespielt von mir unbekannten Instrumenten und unterlegt mit Stimmen, die eine wortlose Melodie sangen. Dann traten zwischen den Bäumen zwei hochgewachsene, wunderschöne Frauen hervor, die sich im Rhythmus der Musik bewegten, die eine blaßgrün wie die Buchenblätter gekleidet, die andere silbergrau. Sie verneigten sich vor uns, und dann kamen noch zwei Frauen hinzu, die eine in Kupfertönen, die andere in Blaßrosa wie die Blüten wilder Rosen. Ihre Kleider waren mit Goldfäden durchwirkt und mit kleinen Perlen bestickt. Gemeinsam vollführten sie einen langsamen, gemessenen Tanz. Doch dann veränderte sich die Musik, und acht muntere, schlanke Mädchen in dem Blau von

Glockenblumen und Veilchen tanzten verschlungene Kreise, und acht braun und goldfarben gekleidete Jünglinge sprangen in ihre Mitte und wählten je eine Partnerin. Dann erschienen ausgelassene, zwergenhafte Narren, von Kopf bis Fuß goldfarben gewandet, und führten einen lustigen Tanz auf, der uns zum Lachen brachte. Und dann folgte eine gemessene Prozession großer, dunkelhäutiger Männer in Gold und Weiß und Scharlachrot, die uns Servierplatten mit so erlesenen Speisen brachten, wie ich sie kaum jemals gesehen hatte. Da gab es angerichtete Kapaune, Pasteten in Aspik, Obst und Süßigkeiten – ach! ich war so hungrig, daß mir vor lauter Vorfreude auf das Festmahl das Wasser im Mund zusammenlief ... Die Schwarzen vollführten vor uns eine tiefe Verbeugung und boten uns von den Speisen an, und da ich jung und hungrig war, streckte ich die Hand nach einer der dargebotenen Köstlichkeiten aus – ich glaube, es war eine Sahnetorte – und steckte sie mir in den Mund. Meine Lippen schlossen sich darum, doch ich schmeckte nichts. Vor Enttäuschung brach ich beinahe in Tränen aus, worauf die ganze Gesellschaft von einem Augenblick auf den anderen verschwand.

»Ach Gott, Kind«, sagte meine Tante, »du erwartest zuviel.« Sie war nicht böse, bloß ein wenig verärgert und gleichzeitig belustigt.

»Aber ich habe Hunger!« rief ich.

»Ja, ja! Schon gut.« Aus einer Satteltasche, die an ihren Knien lehnte, holte sie Brot und Käse, Fleischpasteten, Äpfel und eine Flasche mit Ale hervor; gute Hausmannskost, und ich war froh darüber, auch wenn sie dem Vergleich mit den Köstlichkeiten nicht standhielt, die Morgana mir zuvor dargeboten hatte. Es dauerte eine Weile, bis ich über die Enttäuschung hinweggekommen war.

»Ich wollte dir mit der Vorführung eine Freude machen«, sagte meine Tante. »Aber du ziehst natürlich etwas – wie soll ich sagen? – Handfesteres vor. Natürlich.«

Später traute ich mich, sie zu fragen, weshalb die Bediensteten nicht ebenfalls aßen.

»Ach, die!« sagte sie. »Die essen nie. Das sind bloß Schatten, genau wie die anderen. Sieh nur!« Sie winkte einen von ihnen herbei – er nahm teilnahmslos vor uns Aufstellung und blickte mit ausdruckslosen Augen ins Leere. Als sie vor seinem Gesicht mit den Fingern schnippte, verschwand er plötzlich; als sie erneut schnippte, tauchte er wieder auf, ohne daß sich in seinem stumpfen Gesicht eine Regung gezeigt hätte. Mit einer Handbewegung schickte sie ihn zu den anderen zurück; es war, als dirigiere sie ihn an unsichtbaren Fäden.

»Sehr nützlich«, sagte sie. »Sie machen einiges her, falls wir von Menschen oder Tieren angegriffen werden, und notfalls könnte ich sie auch dazu bringen, zu kämpfen; sie essen, trinken und schlafen nicht, und ich kann sie jederzeit verschwinden lassen.«

Wir ritten den ganzen Nachmittag hindurch, während die Sonne zu unserer Linken allmählich tiefer sank, und als es dunkel wurde, schlugen die unheimlichen Bediensteten für uns ein Zelt auf und darin verbrachten wir die Nacht, während die vier geisterhaften Bediensteten die ganze Zeit wie Statuen an den vier Zeltecken Wache standen, ohne zu schlafen. Ich kann nicht behaupten, daß ich gut geschlafen hätte; ich wußte zwar, daß wir in Gegenwart der nichtmenschlichen Aufpasser sicher waren, doch immer wenn ich an sie dachte, bekam ich eine Gänsehaut.

So ritten wir noch zwei Tage weiter nach Norden, während die Landschaft immer wilder und einsamer wurde. Ich hatte noch nie Wälder gesehen, die sich auf blankem Fels erhoben, wo nackte Baumwurzeln über steilen Abhängen in der Luft hingen, wo wir uns über Pfade bewegten, die aus den Felswänden herausgehauen waren. Auch die Wesen, denen wir begegneten, wurden immer seltsamer – kleine braune oder schwarze Erdmenschen, rund und mit Dreck beschmiert, wälzten sich herum; oder große braune, knorrige Satyre (deren Anblick mich fürchten machte) – und einmal in der Ferne ein bärtiger Zentaur. Nicht alle diese Wesen machten einen umgänglichen Eindruck, wenngleich mir schien, daß sie Tante Morganas Temperament eher entsprachen als die anderen.

Am Abend des siebten Tages, als bereits der rote Sonnenball zu unserer Linken unterging, erblickten wir endlich die Burg Haut-Desert. Ich stand auf einer hohen Felsspitze, die sich über die Baumwipfel erhob, und die Abendsonne überflutete die Burg mit bernsteinfarbenem Licht, ließ die Zinnen und vergoldeten Wetterfahnen deutlich hervortreten. Ein wunderschöner Anblick und jedenfalls die erste menschliche Behausung, die uns auf unserer Reise begegnete. Wir ritten guten Mutes weiter und erreichten bald darauf einen breiten Weg, der zur Zugbrücke hochführte, die man unseretwegen herabgelassen hatte. Eine Abordnung von Bewaffneten hatte zu unserer Begrüßung Aufstellung genommen, und auf dem Torweg stand mein Gastgeber.

Und dann geschah etwas Seltsames. Als wir um eine Baumgruppe bogen, verloren wir die Begrüßungsabordnung für einen Moment aus den Augen, und dann erblickten wir den Burgherrn plötzlich ganz aus der Nähe. Wie ich ihn so von der Sonne beschienen dastehen sah, erschien er wie ein junger Mann Anfang zwanzig oder jünger, mit dunkel glänzendem, unterhalb der Ohren gerade abgeschnittenem Haar, einer zarten, wohlproportionierten Nase, hübscher Stirn, gefälligem Kinn und grauen Augen – ach, ich kann nur sagen, daß da noch etwas anderes war, das zu meinem Herzen, meinem Leib und meiner Seele sprach und sagte: ›Das ist er.‹

Ohne zu wissen, was ich tat, und alle Zurückhaltung und Bescheidenheit hintan stellend, glitt ich ohne Zögern vom Pferd und rannte ihm mit ausgestreckten Armen entgegen. Ich hätte nicht anders gekonnt, und wenn es mein Leben gekostet hätte. Und dann auf einmal lief ich auf einen untersetzten, rundköpfigen Fünfzigjährigen mit ergrauendem Haar zu – stämmig und kräftig und freundlich, mit einem kurz geschnittenen Kinnbart, ergrauten Locken, blitzenden Augen unter buschigen Brauen und wulstigen, rauhen, aber freundlichen Lippen – ganz anders als der Jüngling, den ich eben noch erblickt hatte.

Beinahe wäre ich in Sir Bertilaks Arme gestürzt – er fing mich mit seinen großen warmen Händen auf und rief: »Kleine Lady Vivian! Willkommen, Kind, komm rein. Soll ich dich Nichte nennen, oder sehe ich eher wie dein Großvater aus?«

Da wußte ich, daß Tante Morgana mir wieder einen Streich gespielt hatte; warum aber hatte sie das getan? Da stand ich nun, bis ins Herz erschüttert vom Anblick des Jünglings, für den ich hätte sterben können – und da stand Sir Bertilak, küßte mich herzhaft auf beide Wangen und neckte mich, weil ich so blaß und durchgefroren war.

So betrat ich über die Zugbrücke die Burg Haut-Desert und vertraute meine Seele Gott und der Muttergottes an – zu bekreuzigen wagte ich mich indes nicht, denn dicht hinter mir schritt Morgana le Faye.

Schon bald begann mich Tante Morgana als Hexe zu unterweisen. Dies kam unerwartet und war sehr interessant. Natürlich hatte ich im Kloster bereits Lesen und Schreiben gelernt, verstand auch Latein und Französisch und konnte leidlich mit Zahlen umgehen; jetzt aber mußte ich obendrein noch ein wenig Griechisch und Hebräisch lernen sowie komplizierte Berechnungen hinsichtlich der Planeten und Sterne und ihrer Stellung am Himmel anstellen. Die Astrologie nahm einen großen Teil meiner Studien ein, und nach einer Weile gelang es mir recht gut, die Zukunft rein imaginärer Personen vorherzusagen – meine Tante wollte nicht, daß ich es mit wirklichen Personen versuchte, und verbot mir unter Androhung solch schlimmer Strafen, in meine eigene Zukunft zu blicken, daß ich mich nicht traute. Außerdem lernte ich eine ansehnliche Menge von Analogien, Zuschreibungen, Namen der Macht und dergleichen sowie seltsame Dinge über die Eigenschaften von Pflanzen und Steinen und die Geheimnisse der vier Elemente. Als ich genug gelernt hatte, sagte meine Tante, ich sei nun in der Lage, den unheimlichen Menschlein zu befehlen, die ich auf der Herreise im Wald gesehen habe – jedoch nur, wenn sie mir zuvor die rechten Worte enthülle, was sie beizeiten tun wolle. Für diese Wesen, so erklärte sie mir, stellten die Urkräfte reale Dinge dar, nicht bloß von ihr heraufbeschworene Formen. Diese Macht, die Kunst, Trugbilder und Sinnestäuschungen zu bewirken, behielt sie für sich – dies betrachtete sie als ihr ureigenstes Terrain.

Es gab noch weitere Übungen: zum Beispiel mußte ich ganz still sitzen und meine ganze Gedankenkraft auf einen einzigen Gegenstand richten; und bisweilen versetzte sie mich in eine Art Traum, aus dem ich frierend und zitternd erwachte. Dann überschüttete sie mich mit Fragen und wollte wissen, was ich geträumt hatte, doch ich konnte mich nie genau erinnern, und das erboste sie.

Eines Tages sagte sie zu mir: »Weißt du, Vivian, du bist von Geburt her eine Hexe, und du besitzt sicherlich einige Fertigkeiten; aber die ganze Macht wirst du erst dann gebieten, wenn du aus eigenem Antrieb Hexe sein willst und das Gelübde ablegst.«

»Was für ein Gelübde, Tante?« fragte ich.

»Das wirst du erst dann erfahren, wenn du es ablegst.«

»Aber wem gegenüber soll ich es ablegen?« beharrte ich, und dann setzte ich kühn hinzu: »Soll ich etwa auf den Satan schwören?«

Sie lächelte. »Einerseits ja, andererseits nein«, antwortete sie. »Das hängt von der Betrachtungsweise ab. Im Grunde legst du den Schwur vor dir selber ab, denn du gelobst dir selbst Gefolgschaft und dienst am Ende nur dir allein. Hast du das verstanden?«

»Ja«, sagte ich, und ich verstand es tatsächlich. Mir wurde kalt ums Herz, und ich schauderte. »Laßt mir ein wenig Zeit zum Nachdenken«, sagte ich. »Auf die Schnelle kann ich nicht schwören.«

Und so verstrich die Zeit. Die Burg war ein angenehmer Ort, voller Menschen, hauptsächlich Sir Bertilaks Gefolgsleute und Bewaffnete sowie deren Frauen und Familien. Ich lernte sie nach und nach kennen, wenngleich Tante Morgana auf nicht sehr vertrautem Fuß mit ihnen stand und mich nach Möglichkeit von ihnen fernhielt. Der Unterricht und die Arbeit in der Küche, im Anrichteraum und im Garten nahmen viel Zeit in Anspruch, doch es wurde auch gejagt, und da war Sir Bertilak in seinem Element. An fast jedem schönen Tag ritten wir mit ihm zusammen aus; sämtliche Männer und ein paar Frauen, gefolgt von Kindern auf Ponies oder Eseln oder zu Fuß. Als wilder Haufen durchstreiften wir die Umgebung und hielten Ausschau nach Füchsen, Hasen oder Rotwild – während wir im Winter planmäßig und voller Vorsicht vorgingen, denn dann war die Jagd schwierig, und die Keiler konnten gefährlich werden. Ich gewann die Ausritte in der frischen Luft lieb. Onkel Bertilak, wie ich ihn nun nannte, war ein ausgezeichneter Gesellschafter, und er wuchs mir sehr ans Herz. Er war fröhlich und großmäulig, gerade heraus und nannte die Dinge beim Namen, was die Frau des Seneschalls veranlaßte, die Stirn zu runzeln, während die Frauen der Jäger kichernd erröteten. Tante Morgana indes zuckte nie auch nur mit der Wimper. Ich fragte mich, in welcher Beziehung sie wohl zueinander standen. Jedenfalls waren sie nicht Mann und Frau; sie bewohnte mit mir zusammen einen eigenen Flügel, er einen anderen, und wenn sie zusammen waren, machten sie überhaupt nicht den Eindruck von Liebenden; gleichwohl war zu erkennen, daß er ganz unter ihrem Einfluß stand und sich auch vor ihr fürchtete.

Mein Zimmer lag in einem Seitentürmchen, zu erreichen über eine Wendeltreppe, die in den Palas hinunterführte; und über mir, ganz in der Spitze, lag das Gemach meiner Tante. Von dort aus konnte sie aufs Bleidach hinaus, wo sie einen Taubenschlag mit Brieftauben unterhielt. Etwa einmal pro Woche traf eine Taube ein, mit einer kleinen Kapsel am Bein, die einen zusammengerollten Brief enthielt. Die Briefe kamen von ihren Spionen in Camelot, doch wer diese waren und wie die Tauben überhaupt erst nach Camelot gelangten, wußte ich nicht. Bisweilen streichelte und fütterte sie die Taube, nachdem sie ihr den Brief abgenommen hatte; hin und wieder, wenn die Nachricht sie verstimmt hatte, packte sie das arme Ding mit ihren starken Händen und drehte ihm den Hals um. Dann lag die Taube irgendwann auf der Wendeltreppe, und ich trauerte um die armen Vögel, die vertrauensvoll so weit geflogen waren, bloß um wegen einer ungünstigen Nachricht zu sterben, an der sie keine Schuld trugen.

Nach langem Studieren und Probieren gelang es mir endlich, selbst ein magisches Kunststückchen zu vollführen – ich machte mich unsichtbar. Dies war ein geringer Grad von Unsichtbarkeit – meine Tante meinte, sie würde bloß eine halbe Stunde vorhalten; doch währenddessen könnte ich mich vor jedem verbergen, der nicht allzu genau hinschaute. Teilweise war dies eine Frage der geistigen Konzentration – den Rest muß ich natürlich für mich behalten.

Es war ein schrecklicher, kalter Nachmittag vor Weihnachten – so finster und freudlos und eisig kalt, zumal in unserer dunklen Steinburg. Wenn man sich um diese Jahreszeit nicht auf Weihnachten freuen konnte, war alles hoffnungslos, und obwohl es bis Weihnachten nur noch ein paar Tage waren, lag eine furchtbare Bedrückung in der Luft ... Ich hatte mich in meinem Zimmer eingeschlossen, hielt mich, so gut es ging, mit einer Kohlenpfanne warm und beschäftigte mich mit Unsichtbarkeitsübungen – als auf einmal mein Spiegelbild in dem großen Metallspiegel an der Wand flackerte und verblaßte. Ich dachte: ›Endlich hab ich's geschafft!‹, und in diesem Moment trat eine der Mägde ins Zimmer, um Holzkohle nachzulegen. Ich konnte gleich erkennen, daß sie mich nicht sah, denn sie trat ohne Begrüßung oder ein Wort der Entschuldigung ein, blickte sich um, als wäre niemand da, und ging dicht an mir vorbei – sie hätte mich gerammt, wenn ich ihr nicht behende ausgewichen wäre, denn ich wollte nicht, daß sie sich erschreckte und womöglich die Kohlenpfanne umstieß. Daher schlüpfte ich aus der Tür, die sie offengelassen hatte, und rannte in freudiger Erregung die Treppe hinunter, um mich meiner Tante zu zeigen und mit ihr zu sprechen – jedenfalls um ihr mitzuteilen, daß das Experiment erfolgreich verlaufen war. Ich hörte sie unten im Palas.

Auf der Treppe aber wäre ich beinahe auf eine der armen Tauben getreten – sie hatte nicht nur einen gebrochenen Hals, sondern war wie von einer Katze übel zugerichtet. Mir sank der Mut, und ich stahl mich in den Palas und lehnte mich unbemerkt an den Treppenpfosten.

Das Nachmittagslicht strömte in den Saal, kalt, aber hübsch getönt von den hohen Bleiglasfenstern; im großen Kamin brannte ein Feuer. Meine Tante ging auf und ab, während Sir Bertilak verlegen am Kamin stand.

»Das kann nicht sein!« rief sie aus. »Ich sage, das darf nicht sein.«

»Nein, wirklich nicht, meine Liebe«, sagte er auf seine freundliche, aber ziemlich vage Art. »Da habt Ihr wohl recht – aber worum geht es überhaupt?«

»Um diese Nachricht – diese Neuigkeit«, sagte sie. »Begreift Ihr nicht? Guinevere erwartet ein Kind.«

»Nun, ja«, sagte er. »Aber das ist doch ausgezeichnet – ganz ausgezeichnet. Wir alle haben uns gewünscht ...«

»Was ich wünsche und was Ihr wünscht«, fauchte sie, »sind zwei verschiedene Dinge. Das solltet Ihr doch mittlerweile wissen, Dummkopf. Artus' Geschlecht darf unter keinen Umständen fortbestehen. – Ihr habt ja keine Ahnung, was dann geschehen würde. Ich *werde es nicht zulassen*. Dieses Kind darf nicht geboren werden. Versteht Ihr?«

»Ja, Herrin«, sagte er geknickt. Mir wurde ganz kalt, als wäre die Sonne plötzlich erloschen und als wehte statt dessen ein Schneeschauer gegen die Fenster.

»Ich kann es nicht selbst tun«, fuhr sie fort, unruhig auf und ab gehend. »Ich bin in Camelot nicht willkommen, und sie würde nichts annehmen, was ich ihr schicke.«

»Was Ihr ihr schickt?« wiederholte er entsetzt. »Ihr wollt doch nicht etwa ...«

»Ich wollte schon, aber ich kann nicht. Von mir würde sie nichts annehmen. Und aus einem bestimmten Grund heraus kann ich mit Magie bei ihr nichts bewerkstelligen. Mehr kann ich Euch nicht sagen, aber es ist so. Und daher« – sie trat dicht an ihn heran – »müßt Ihr gehen.«

»Was, ich?« sagte er.

»Ja, Ihr – und Ihr tätet gut daran, meinem Wunsch nachzukommen. Das wißt Ihr.«

»Ja, Herrin«, sagte er hilflos. »Aber was soll ich tun?«

»Versetzt sie in Angst. Angst ist ein genügend starkes Gift, sowohl für die Frau als auch für das Kind in ihrem Leib.«

Sie lachte leise, und der alte Ritter barg das Gesicht in den Händen.

Nach einer Weile sah er auf. »Aber Ihr wißt doch, Guinevere ist ein beherztes Weib. Es wäre schwieriger, ihr einen Schrecken einzujagen, als ihr etwas zuleide zu tun.«

»Einen Schrecken? Ihr sprecht von einem Schrecken? Glaubt Ihr etwa, ich rede hier von einem Kobold, mit dem eine Amme ein unartiges Kind erschreckt? – Ich meine richtige Angst, mein Bertilak – wahren Schrecken. Erinnert Ihr Euch nicht mehr? Der Schrecken, der einem den Atem verschlägt, der einen lähmt – bevor der Vampir zubeißt, bevor der Werwolf einen anspringt – Ihr solltet dies eigentlich wissen, Bertilak, Ihr solltet es wissen.«

»Nein«, sagte er mit erstickter Stimme. »Nein. Ihr wollt mich doch nicht – Ihr wollt mich doch nicht schon wieder zu dem machen, was ich einmal war?«

»Genau das meine ich«, sagte sie.

Zu meinem Entsetzen fiel er vor ihr auf die Knie nieder und hob die Hände.

»Nein – nicht das Tier!« sagte er mit völlig gebrochener Stimme. »O Gott! Nicht das Tier!«

Sie winkte unwirsch ab.

»Also gut. Nicht das Tier. Der Grüne Mann dürfte reichen.«

Er stöhnte – und dann verwandelte er sich vor meinen Augen.

Er richtete sich schwerfällig auf und wurde immer noch größer – sie hatte den Arm zu ihm ausgestreckt, als leitete sie Energie in ihn hinein. Er wurde nicht nur größer, sondern auch breiter, grobschlächtiger, dunkler – ein Schatten breitete sich über ihn, und es hatte den Anschein, als zöge sich die Dunkelheit in den Winkeln des Palas zusammen. Aus dem Schatten trat ein dunkelglühender grüner Umriß hervor, der seine Gestalt überlagerte und dann allmählich deutlicher wurde. Das Wesen, das dort stand, war so groß, wie ein Mann nur sein konnte, gewaltig und zottig und überall hellgrün. Seine Kleidung war verschwenderisch mit Gold und Edelsteinen verziert, wirkte allerdings fremdartig und altmodisch – Haar und Bart zeigten die gleiche unnatürliche grüne Farbe und hingen als dichte Mähne auf das prächtige Gewand hinab, was den entsetzlichen Eindruck des wilden Gesichts nur verstärkte. Eine solch brutale Abartigkeit hätte ich mir niemals vorstellen können – es als tierisch zu bezeichnen, reichte nicht aus, denn kein Tiergesicht hätte eine solch abstoßende, widerwärtige Bösartigkeit ausstrahlen können. Haut und Haar und alles andere leuchteten unnatürlich grün – mit Ausnahme der Augäpfel, die ebenso rot waren wie das triefende Zahnfleisch, in dem gelbliche, scharfe Zähne steckten.

Ich weiß nicht, wie ich den Anblick ertrug, ohne aufzuschreien oder ohnmächtig zu werden. Ich wußte, das durfte ich nicht, denn sonst hätte mich meine Tante bemerkt; daher klammerte ich mich zitternd an den Treppenpfosten. Ich beobachtete, wie meine Tante auf das grauenhafte Wesen zeigte – das mit baumelnden Armen stumpfsinnig vor ihr stand –, es herumdrehte und sagte: »Geh!«, worauf sie es durch die Tür hinausschob, wie sie es auch mit ihren willenlosen Bediensteten tat. Als das Wesen – als Sir Bertilak konnte ich es nicht bezeichnen – aus der Tür trat, löste ich mich vom Treppenpfosten und kletterte die Treppe mehr oder minder auf allen vieren hoch. Dabei war mir bewußt, daß ich mittlerweile bestimmt wieder sichtbar war und daß Tante Morgana unter keinen Umständen erfahren durfte, daß ich alles mit angesehen hatte. Ich schloß hinter mir ab und lag lange Zeit zitternd auf dem Bett, bis ich vor Erschöpfung einschlief.

Das war ein trübsinniges Weihnachtsfest für mich, dessen könnt Ihr versichert sein; ich brauchte lange, bis ich mein Entsetzen überwunden hatte. Alle in der Burg vermißten Sir Bertilak, wenngleich niemand sich nach seinem Verbleib zu erkundigen wagte. Die Burgbewohner veranstalteten natürlich Festmahle und den üblichen Mummenschanz, woran ich lustlos teilnahm; und um Mitternacht wurde in der Burgkapelle ein Hochamt zelebriert, bei dem meine Tante ungeachtet ihrer Gefühle nicht zu fehlen wagte. Sie nahm den Priester, der von einem fernen Kloster angereist war, höflich auf und wohnte der Messe mit dem gleichen heuchlerischen Ernst bei, den sie auch im Kloster zur Schau gestellt hatte, allerdings fiel mir auf, daß sie nicht die Heilige Kommunion empfing und auch kein Weihwasser anrührte. Eigenartigerweise ging sie aber auch den heidnischen Mistelzweigen aus dem Weg, welche die Kinder des Gesindes in anderen Teilen der Burg aufgehängt hatten.

Und am Tage vor Dreikönige, als ich mit meiner Tante an einem kleinen Tisch im Palas das Mittagsmahl einnahm, ertönte vom Hof Hufgetrappel, und Sir Bertilak trat durch die Tür, angetan mit seinem alten Lederwams und lederner Kniehose, als käme er gerade von der Jagd. Er stürzte herein und rief nach Fleisch und etwas zu trinken, küßte uns auf beide Wangen, wie es seine Art war, und nahm in seinem großen Sessel Platz. Ich kann gar nicht sagen, wie froh ich war, ihn wiederzusehen. Er hatte sich nicht verändert – mit Ausnahme einer schmalen grünen Linie, die zwischen Bart und Kragen um seinen Hals lief.

Zunächst war er mürrisch und schweigsam und langte zu, als sei er halb verhungert.

»Nun?« drängte ihn meine Tante, offenbar ohne sich an meiner Anwesenheit zu stören. »Ist es vollbracht?«

»Ich habe getan, was Ihr mir aufgetragen habt«, sagte er, ohne von seinem Fleisch aufzusehen.

»Und sie – ist sie ...?«

»Ich weiß es nicht. Woher sollte ich auch? – Wie kommt Ihr darauf, ich wüßte es?«

Sie runzelte die Stirn und trommelte mit den Fingern auf den Tisch.

»Also gut, also gut. Aber hat Artus sich von Euch fordern lassen?«

Er sah kurz auf.

»Artus? Nein. Ein junger Bursche ging dazwischen und nahm die Forderung an seiner Statt an – daher muß er nächstes Jahr herkommen, und nicht Artus.«

Meine Tante sprang auf und stieß das Weinglas um, fauchend wie eine Katze.

»Dummkopf! Narr! Ihr habt Euch die Gelegenheit entgehen lassen. Artus hätte uns allein aufgesucht – versteht Ihr? –, und Eure Axt hätte ihn gewiß einen Kopf kürzer gemacht. Ihr hättet das Alte Opfer dargebracht, und ich hätte meinen rechtmäßigen Platz an Eurer Seite eingenommen – ach, die Gelegenheit ist vertan!«

Sie schritt im Palas auf und ab und rang die Hände. Sir Bertilak aß unbeirrt weiter.

»Wer ist dieser Jüngling, der hierherkommen wird?« fragte sie, blieb stehen und wandte sich zu ihm um.

»Ich weiß es nicht. Irgendein unbekannter Bursche. Gawain heißt er.«

»Doch nicht etwa Gawain von Orkney? Der ist nicht irgendein Bursche. Er ist Morgauses Sohn – König Lots Erbe ... jedenfalls von Königlicher Abstammung und der nächste in der Thronfolge ...«

»Nein, nein – Gawain von Orkney ist es nicht. Den hätte ich erkannt. Der hier ist viel jünger. Ach, ich weiß nicht. Jedenfalls wird er binnen Jahresfrist hier erscheinen, wie es Brauch ist.«

»Schön, schön«, sagte sie und biß sich auf die Lippen. »Nicht einmal ein berühmter Ritter. Ihr habt da ein hübsches Schlamassel angerichtet, das muß ich schon sagen. Jedenfalls muß irgendwas geschehen mit diesem Burschen. Irgend etwas muß geschehen.«

»Ist Euch eigentlich klar«, platzte Sir Bertilak plötzlich heraus, als er den Krug mit Ale geleert hatte und sich offenbar wieder besser fühlte, »daß dies für mich die erste ordentliche Mahlzeit seit zwei Wochen ist? Kein Weihnachtsessen, Allmächtiger! So ...« Er schob geräuschvoll den Sessel zurück und erhob sich.

»Ich habe getan, was Ihr mir aufgetragen habt – wozu Ihr mich gezwungen habt, Lady –, und bei Gottes Herrlichkeit, ich werde jetzt Weihnachten feiern, und Ihr und der Teufel mit seiner Gespielin, Ihr könnt mich nicht daran hindern. Los jetzt – he, Ihr Burschen! Morgen ist Dreikönigstag, und wir wollen heute das Fest des Heilands begehen. Bereitet ein Fest vor.«

Er legte schützend den Arm um mich.

»Kleine Vivian – du siehst verängstigt aus. Du siehst aus, als hättest du etwas gesehen oder mit angehört. Aber hör mal, du brauchst keine Angst mehr zu haben – hör mir zu ...«

Er neigte den Kopf an mein Ohr, doch meine Tante mischte sich ein.

»Was habt Ihr da zu flüstern, alter Wüstling?«

Und von da an ließ sie mich keinen Moment mehr mit ihm allein, sondern behielt uns wie eine beleidigte Juno unablässig im Auge. Auch während der abendlichen Lustbarkeiten (die ich nun endlich genießen konnte) ließ sie ihn keinen Moment in meine Nähe, nicht einmal beim Tanzen, denn er hätte mir ja etwas zuflüstern können – so daß das, womit auch immer er mich beruhigen wollte, ungesagt blieb.

Zur Sommersonnenwende erreichte sie die nächste Nachricht von Camelot. Zunächst hörte ich Taubengeflatter am Fenster über dem meinen, dann herrschte bedrohliche Stille. Kurz darauf trudelte die Brieftaube in die Tiefe, als sei sie achtlos fortgeworfen worden – zumindest war es an Leib und Seele unversehrt, das arme Tier. Ich vernahm hysterisches Gelächter, dann Schuhgepolter, als Morgana an meiner Tür vorbei die Wendeltreppe hinunter in den Palas stürzte.

In ihr Gelächter mischte sich trockenes Schluchzen; offenbar war sie ganz außer sich.

»Bertilak!« schrie sie. »Bertilak! Kommt sofort her!«

»Jawohl, Herrin«, antwortete er und tauchte so folgsam wie eh und je hinter dem ledernen Vorhang auf, welcher das kleine Kämmerchen abtrennte, worin er seine Rüstung polierte. Sie rannte durch den Palas auf ihn zu.

»Seht her – habt Ihr so was schon mal gehört, etwas so, so ...« Abermals brach sie in hysterisches, wütendes

Gelächter aus. »Der ganze Ärger für nichts und wieder nichts! Nach allem, was ich getan habe! – Diese Frau, diese Guinevere – sie hat – sie hat eine Tochter zur Welt gebracht.«

»Eine Tochter?« Der alte Ritter schaute ziemlich dümmlich drein und schüttelte den Kopf. »Eine Tochter? Also doch keinen Sohn?«

»Das habe ich ja eben gesagt, Dummkopf – habt Ihr keine Ohren? Eine Tochter!« Und sie packte sein Lederwams und schüttelte ihn nach Kräften durch.

»Nach all dem Ärger, den Ihr – den ich – den *wir* – hatten, nach all der vergeblichen Mühe – da geht sie hin und bekommt eine Tochter. Was schert es mich, wenn sie vierzig Töchter hat? Aber Euch – Euch – ist es wohl gleichgültig, wenn all meine Pläne im Sande verlaufen, hab ich recht?«

»Gewiß nicht, Herrin«, murmelte er verlegen, doch war ihm anzumerken, daß er überhaupt nicht begriff, worauf sie eigentlich hinauswollte.

»Und Ihr habt nicht einmal Artus drangekriegt«, fuhr sie fort, »die beste Gelegenheit für mich, ihn zu erledigen, seit er anfing ...«

»Ich habe mein Bestes getan«, knurrte der alte Mann. »Was sollte ich machen, wenn ein Jüngerer für ihn in die Bresche springt? Aber wenn Ihr, Herrin, unbedingt auf Euren Teufeleien besteht – Gott möge uns schützen! Schließlich kommt zu Weihnachten anstelle Artus' der junge Bursche, müßte der Euch nicht reichen?« Er hörte sich an, als habe er längst vor dem Übel kapituliert, das er sowieso nicht verhindern konnte.

Sie hielt inne, ließ ihn los und trat dann ans Fenster. Eine ganze Weile schaute sie hinaus, während Sir Bertilak und ich unbehaglich Blicke wechselten und angespannt warteten.

Dann hob sie nachdenklich und ruhig zu sprechen an.

»Jedenfalls ist mir Artus' Tochter nicht geheuer. Gawain, Vivian, die Tochter Artus' – nein, ich ahne da etwas, und es weckt meinen Argwohn.«

Mit rauschenden Kleidern kam sie auf uns zu.

»Ich hab's«, sagte sie. »Ihr müßt Vivian heiraten.«

Wir beide stammelten wie aus einem Mund: »Was?« Dann hielten wir den Atem an.

»Aber meine liebe Tante ...«, rief ich.

»Allmächtiger Gott!« rief er.

»Und wenn ich sage, Ihr müßt heiraten«, sagte sie, »dann muß es eben sein.«

Und da hatte sie wohl recht, das spürten wir, so sehr es uns auch mißfiel. Was blieb einem anderes übrig als zu gehorchen, wenn sie sagte ›Ihr müßt‹? Sollte jemand seine Zweifel haben und dies seltsam finden, dann möchte ich darauf hinweisen, daß Ihr Morgana le Faye nicht gekannt habt.

»Und – wann?« stammelte er.

»Sogleich«, antwortete sie. »Jetzt ist der geeignete Moment. Die Sonnenwende, ein langer Tag und eine kurze Nacht. Vorbereitungen? – pah! was brauchen wir schon? Ich werde veranlassen, daß unverzüglich ...«

Und auf einmal war der Palas, die ganze Burg, voller Menschen, Bediensteter, Hofdamen, Händler mit Körben und Bündeln – sämtliche Bewaffnete samt ihren Familien waren da und mischten sich mit den Gestalten, die Morgana, wie ich wußte, aus der dünnen Luft heraufbeschworen hatte.

Sogleich machten sie sich an die Hochzeitsvorbereitungen. Die ganze Burg wurde hergerichtet – ich beobachtete, wie Hilda, die Frau eines Bewaffneten, den ich gut kannte, mit Unterstützung einer hochgewachsenen, blassen, grüngekleideten Frau einen prächtigen goldfarbenen Teppich ausbreitete. Hilda war ihr gewiß noch nie begegnet, denn die Frau war ungewöhnlich groß, und als sie die mageren blassen Arme ausstreckte, um den Teppich zu richten, und sich ihr grüner Rock ein wenig hob, sah ich, daß sie die Füße einer Kuh hatte. Die übrigen fremden Helfer waren ähnliche Erscheinungen. Zum Beispiel war da ein kleiner, dikker Mann, der Fässer vom Keller hochrollte und anscheinend vier Beine und zwei Arme hatte. Meine Tante aber scheuchte mich in mein Zimmer hinauf, wo dünne, unheimliche Damen in Schwarz Kleidungsstücke von einer solchen Erlesenheit und Pracht vor mir auslegten, daß ich ihre grotesken Gesichter und die an verdorrte, geschuppte Zweige erinnernden Finger beinahe vergessen hätte.

Mein Kleid schimmerte silbrig, und dazu gehörte ein hoher, spitz zulaufender Kopfschmuck, von dem ein goldgesprenkelter durchsichtiger Schleier herabhing. Man konnte mir wohl kaum einen Vorwurf daraus machen, daß ich mich an seiner Schönheit und meinem Ebenbild im großen Spiegel erfreute. Die ganze Zeit über hatte ich das Gefühl, dies alles sei nicht ganz wirklich – doch andererseits waren da Menschen, die ich gut kannte, Maud, die kleine Tochter des Falkners, die mir half, die Schleppe auszulegen, und der Stallbursche Ralph, der Süßigkeiten stibitzte und durchaus den Eindruck machte, als könne er sie auch schmekken. Und dennoch war alles recht absurd – im Handumdrehen würde ich den alten Sir Bertilak heiraten. Sicher, es war nicht ungewöhnlich, daß ein junges Mädchen gegen seinen Willen verheiratet wurde – aber ausgerechnet mit ihm? Er wollte dies ebensowenig wie ich, konnte gegen Morgana aber weder die Hand noch die Stimme erheben. Ach Gott, wäre doch alles bloß ein Traum gewesen ... doch ich wußte genau, daß dem nicht so war. Alles, was Morgana le Faye geschehen ließ, bestand aus Täuschungen und Lügen, aber Träume waren es nicht – es war lange nicht so harmlos.

Und da stand sie nun und bot mir ein Kelchglas mit Wein an.

»Hier, meine liebe Nichte, trink dir Mut an«, sagte sie kichernd. Ich nahm den Becher von ihr entgegen und trank einen Schluck – doch dann wurde mir bewußt, was ich da tat, und als sie mir den Rücken zuwandte, goß ich den Rest auf die Binsen am Boden. All die seltsamen Dinge erschienen mir nur halb so intensiv. Die Phantommenschen verblaßten ein wenig, und ich konnte sie von den anderen unterscheiden; die merkwürdigste Wirkung aber stellte sich ein, als ich langsam die Treppe hinunterstieg, über die Schwelle in den Palas trat und mich der Kapellentür näherte, wo Sir Bertilak mich erwartete. Plötzlich wurde Sir Bertilaks Gestalt wie von einem Spiegelbild auf einem durchsichtigen Glasfenster von jenem anderen Mann überlagert – von dem Jüngling, den ich bei meiner Ankunft erblickt hatte, dem Mann, von dem ich geglaubt hatte, er sei für mich bestimmt. Und da wußte ich, hätte ich den ganzen Zaubertrank meiner Tante getrunken und nicht bloß die Hälfte, wäre ich überzeugt gewesen, er nähme Sir Bertilaks Stelle ein und ich stünde im Begriff, *ihn* zu heiraten.

Und so schritt ich umringt von unwirklichen Schatten in

die Kapelle hinein, um zu heiraten. Die Magie meiner Tante war offenbar sehr machtvoll, denn sie wirkte sich sogar auf das heilige Bauwerk aus. Sämtliche wirklichen Menschen waren anwesend, denn es sollte eine wirkliche Hochzeit vor Zeugen sein; und da war auch ein Priester, ein Fremder zwar, aber sicherlich doch ein wirklicher Priester. Alle leeren Plätze aber wurden von prächtig gekleideten, freundlich lächelnden Unbekannten eingenommen, die gleichwohl nicht ganz überzeugen konnten, denn sie waren schmaler und boten sich meinem halb verzauberten Blick unschärfer dar als die gewöhnlichen Menschen aus Fleisch und Blut.

Und ständig, mal mehr, mal weniger deutlich, stand mir das Bild des Mannes vor Augen, der mein Gemahl hätte werden sollen.

In einem Zustand der Benommenheit, fast als wäre ich betrunken gewesen, wurde ich durch die Messe geleitet, sprach ein paar Worte – ich wußte kaum, was ich sagte –, legte meine Hand in die Hand Sir Bertilaks, die kräftig und trocken war und doch irgendwie kalt und ein wenig zittrig, und hörte, wie der Priester uns zu Mann und Frau erklärte; und dann geleitete man uns Hand in Hand zum festlich geschmückten Podium.

Während meines Aufenthalts in der Burg hatte ich schon einige Hochzeiten miterlebt, und jedesmal fand ich die Veranstaltung ziemlich erschreckend, zumindest aus Sicht der Braut. Jedesmal gab es einen ausgiebigen Festschmaus, dann wurde getanzt, bis alle entweder betrunken oder todmüde waren – und dann wurde die Braut von einer johlenden Schar Brautjungfern nach oben geschleift, während der Bräutigam von einer noch lauteren Horde von Stallburschen in die entgegengesetzte Richtung gezerrt wurde. Anschließend wurde die Braut von den Brautjungfern und Ehrendamen entkleidet. Dies war gleichzeitig ein Ritual und ein Spiel, das in vollen Zügen genossen wurde – man riß der Braut die Kleidungsstücke eins nach dem anderen vom Leib, ein jedes von einem entsprechenden Lied begleitet – und was für Lieder das waren! Die ehrbaren Matronen, die Frauen der Bewaffneten, fanden offenbar nichts Schlimmes dabei, aber ich … ich war in einem Kloster erzogen worden … Das Ganze artete in der engen, vollgestopften, mit Vorhängen versehenen Kammer jedesmal in einen Tumult aus, während die Mädchen kreischten und die Braut beinahe in Stücke rissen – dann endlich steckten sie sie ins Bett, zumeist splitternackt. Nun begann das unausweichliche Warten, während die grölenden Stallburschen in einer anderen Kammer mit dem Bräutigam ganz ähnlich oder sogar noch wüster verfuhren. Wenn die Männer meinten, sie hätten dem Bräutigam, der meist zu betrunken war, um noch aus eigener Kraft stehen zu können, genug Mut zugesprochen, führten sie ihn zur Braut, an deren Seite er aufs Bett niederfiel. Dann betrachteten die Anwesenden das Paar in dem großen, geschmückten Bett, sangen weitere Lieder und bewarfen es mit Blumen und klebrigem Zuckerwerk. Schließlich zog die Brautmutter die Vorhänge zu, und die ganze Gesellschaft entfernte sich, freilich bloß bis auf den Gang, wo die meisten den Rest der Nacht über sangen und scherzten und gespannt auf den Beweis warteten, daß die Ehe vollzogen und die Braut noch Jungfrau gewesen war. Im Morgengrauen kehrten sie zurück und weckten das glückliche Paar – falls es überhaupt geschlafen hatte. Kein Wunder, daß ich mich fürchtete.

Ob die Speisen, die während des Banketts aufgetragen wurden, wirklich waren oder bloß eingebildet, konnte ich nicht sagen. Und anschließend führte ich mit Sir Bertilak so gut ich konnte den Tanz an. Er kam mir bloß einen Moment so nahe, daß er mir etwas zuflüstern konnte, und zwar die Worte: »Hab keine Angst!« Gott segne ihn! Trotz meiner Verwirrung und Verzweiflung faßte ich ein wenig Zuneigung zu ihm. Doch die Festlichkeiten zogen sich in die Länge, und im Palas war es so warm, verräuchert und stickig, während mich so viele Leute umdrängten, daß ich am Ende beinahe erleichtert war, als mich meine Tante und die Brautjungfern endlich entschlossen die Treppe hochführten – wenngleich ich an das, was nun folgen sollte, kaum zu denken wagte. Ich, die ich bei den Nonnen von Amesbury ein so stilles und zurückgezogenes Leben geführt hatte, sollte auf einmal den Blicken aller preisgegeben werden …

Zumindest das Entkleiden ging rasch vonstatten. Meine Tante, zufrieden wie eine Katze und bemüht, mütterlich zu wirken, beschränkte die Zahl der Lieder und unterband einige der weiblichen Späße – ich erinnere mich, daß sie meine Strumpfhalter den Brautjungfern zuwarf, und einen fing die kleine Maud auf, den anderen aber ein schlankes, unbekanntes Mädchen mit dem Gesicht einer Füchsin. Zu meiner Erleichterung steckten sie mich nicht nackt ins Bett, sondern putzten mich mit einem pelzbesetzten weißen Seidenkleid heraus. Da lag ich nun zitternd in den großen, mit Stickereien verzierten Kissen. Zum Glück brauchte ich nicht lange zu warten. Draußen waren Rufe zu hören und Fackeln zu sehen, und dann führten die Stallburschen Sir Bertilak herein. Er wurde nicht mehr von der

Gestalt jenes anderen überlagert, sonst hätte ich es wohl nicht ertragen. Daran merkte ich, daß die Wirkung des Zaubertranks allmählich nachließ. Er war nicht betrunken, wirkte aber benommen und unglücklich. Er trug ein Nachtgewand aus rotem Brokat, und ich erinnere mich, daß ich dachte, er sei eigentlich ein hübsches Mannsbild, gut gebaut, gepflegt und stark, das Gesicht auf seine Weise hübsch und sanft. Eine ältere Frau hätte ihn durchaus attraktiv finden können.

Die Stallburschen, die alle zu den Fremden gehörten, schubsten ihn grob durchs Zimmer und ins Bett. Meine Tante deckte uns mit einem widerwärtig durchtriebenen Lächeln zu und zog dann die Vorhänge vor, worauf die Gesellschaft in lauten Jubel ausbrach und zur Tür hinausdrängte. Dann wurde die Tür geschlossen.

Ich lag zitternd in meinem Bettwinkel. Zum Glück war es ein großes Bett. Während sich der Lärm vor der Tür allmählich legte, sagte Sir Bertilak ganz ruhig:

»Keine Angst, mein Mädchen – ich werde dich nicht anrühren.«

Ich spürte sein dickes Nachtgewand neben mir im Bett, doch er faßte mich wirklich nicht an.

»Das ist alles ein Täuschungsmanöver von Madam Morgana«, fuhr er leise fort. »Ich kann nicht viel sagen, sonst würde sie es womöglich mitbekommen. Ich glaube, sie hört meine Gedanken. Ich komme nicht gegen sie an, und du auch nicht – aber ich werde nicht zulassen, daß sie dir weh tut. Es gibt ein paar Dinge, zu denen nicht einmal sie mich zwingen kann.«

Er streckte die Hand aus und tätschelte mir ziemlich unbeholfen die Schulter.

»Du brauchst keine Angst zu haben, kleine Vivian. Mach's dir bequem und schlaf ein.«

Und das tat ich auch und schlief zu meiner Überraschung tief und fest.

2

Gawain

Ich bin Gawain – und sehe mich zu meiner Schande gezwungen zu erklären, daß ich nicht der ›große‹ Gawain bin. Ich bin bloß der ›kleine‹ Gawain, sein Neffe; der große, polternde, aufbrausende, furchteinflößende, bisweilen auch liebenswerte Gawain ist mein ehrfurchtgebietender Onkel, nach Lanzelot der berühmteste Mann am Hofe König Artus'. – Gawain von Orkney, Sohn des grimmigen alten Königs Lot und der Hexenkönigin Morgause, der wie seine Brüder Agravaine, Gareth und der boshafte Mordred in der düsteren Ödnis von Orkney aufwuchs. Ich bin älter als Mordred, und doch bin ich Gareths Sohn, und so weit ich zurückdenken kann, haben wir fern der Orkney-Familie im Süden gelebt, in Lyonesse. Meine Mutter, Madam Leonie, ist die Herrin von Lyonesse, die Gareth, der vornehmste der Orkney-Ritter, vor dem Ritter von den Roten Auen gerettet hat, mittlerweile ein ganz harmloser alter Herr und wie es heißt, im Begriff, sich in ein Kloster zurückzuziehen. Ihre Schwester Lynett, die meinen Vater auf seiner Queste begleitete und ihm so übel mitspielte, ist natürlich meine Tante und lebt mit uns zusammen – sie wurde mit Gaheris vermählt, als meine Eltern heirateten, doch diese Ehe hielt nicht – Gaheris mangelte es am geduldigen Temperament meines Vaters, und nach der Hochzeitsnacht verließ sie ihn und wurde die Botin des Königs. Später kehrte sie zu ihrer Schwester zurück – und zu meinem Vater, welcher, wie ich fürchte, der einzige Mann ist, den sie wirklich liebt. Meine Tante Lynett ist ein seltsamer Mensch. Häufig denke ich, wenn Artus sie statt mit meinem Onkel Gaheris mit meinem Onkel Gawain vermählt hätte, dann hätte er ihr bei einem seiner Tobsuchtsanfälle sicherlich den Kopf abgerissen. So wie die Dinge liegen, streift sie zu Pferd auf Waldwegen umher und ist niemals glücklicher, als wenn sie Artus' Briefe an seine Ritter überbringen kann. Jedesmal, wenn sie losreitet, fragen wir uns, ob sie lebendig zurückkehren wird – es ist nicht sicher dort draußen, und sie läßt sich nur von dem alten Zwerg ihres Vaters begleiten –, doch anscheinend haben die Waldräuber Respekt vor ihr, vielleicht deshalb, weil sie sich erstaunlich gut auf die Heilkunst versteht. Dies setzt eine Frau leicht dem Verdacht aus, eine Hexe zu sein, obwohl meine Tante Lynett nicht viel von einer Hexe an sich hat. Vielleicht fürchtet man sich aber auch bloß vor ihrer scharfen Zunge.

So weit ich zurückdenken kann, leben wir nun schon in Lyonesse, einem sonnigen Landstrich südlich von Cornwall. Das Meer umgibt uns an drei Seiten auf der schmalen Landzunge, die mit der Halbinsel St. Michael's Bay verbunden ist. Dort können wir den großen Berg sehen, wenn von diesem mit einem polierten Schild Lichtsignale bis nach Scillonia übertragen werden, das in Sichtweite liegt. Unser Land ist ebenso felsig wie Scillonia, aber nicht so hoch gelegen. Die Sonne wird vom Meer reflektiert und wärmt es, so daß die Frühlingsblumen früh erblühen. Neun lange Monate wehen sanfte Winde, die nach Honig duften. Während der restlichen drei Monate des Jahres aber fallen die Stürme wie Raubtiere über uns her, und Merlin hat angeblich gesagt, in hundert Jahren käme der Tag, da das Meer über das Land hinwegfegen und nichts mehr übriglassen werde. Diese Vorstellung bereitet mir Kummer.

Bevor ich an Artus' Hof ging, um mich zum Ritter schlagen zu lassen, diente ich als Knappe meinem Vater und lernte von ihm alles, was ein Ritter wissen muß. Als Page brauchte ich mich nicht zu verdingen, denn ich bin von adliger Abstammung und wurde von meiner Mutter in den höfischen Gebräuchen unterwiesen. Zusammen mit meinem Vater pflegte ich querfeldein zu galoppieren und nach Hasen, Füchsen, Rotwild, Wildschweinen und bisweilen auch Wölfen zu jagen – gekleidet in grobes Leder und von Kopf bis Fuß dreckbespritzt. Zu Mittag kehrten wir entweder in einem schmutzigen, rauchgeschwärzten Gasthof ein oder setzten uns unter einen Baum, wo wir unsere Lederflaschen mit Ale leerten und den mitgebrachten Käse verzehrten. Wenn ich nach Hause kam, wusch ich mich, kämmte mir das Haar, kleidete mich in Seide und Atlas und half meiner Mutter, indem ich ihr mit gebeugtem Knie Teller und Becher anreichte. Dann lachte sie immer und neckte mich, und wir setzten uns in ihr behagliches Gemach, wo die hellen Vorhänge die Wärme hielten, und erzählten uns lange Geschichten, die von den Helden der Vergangenheit und dem Feenland handelten.

Andere Gleichaltrige von vergleichbarer Stellung gab es in der Burg nicht – mit den Söhnen der Bewaffneten hatte ich nur wenig zu schaffen, und ansonsten waren da nur meine Eltern, meine Tante Lynett und bisweilen Gäste, die den Weg zu uns fanden; somit wuchs ich recht einsam auf und neigte zum Träumen. Und wovon träumte ich? Nun, von der Ritterschaft, von König Artus und seiner Tafelrunde und daß ich eines Tages zu ihnen gehören würde und der beste von allen wäre – o ja, der tapferste, der treueste, der edelste Ritter von allen. Und natürlich träumte ich von Frauen. Das heißt, von schönen Damen. Denn in meiner Vorstellung sahen sie alle wie Göttinnen aus. Wie wunderschön sie sind, dachte ich – angefangen von der Muttergottes, zu der ich Tag und Nacht betete, über meine geliebte Mutter, meine Tante Lynett ungeachtet ihrer scharfen Zunge, bis zu meiner freundlichen alten Amme, nun, die war ebenfalls eine Frau, weshalb ich voller Respekt an sie denken mußte – und schließlich waren da noch die wunderschönen Damen, von denen ich hatte reden hören – Königin Guinevere und Königin Yseult (niemand hatte mir je etwas Anstößiges über sie zugeflüstert, und ich hätte es auch nicht geduldet) – meine Großmutter, die Königin Morgause (ich hatte sie nie kennengelernt, und noch niemand hatte sie in meinem Beisein als Hexe bezeichnet) – Ygraine, jene entfernte Urgroßmutter und all die anderen: die zahllosen Jungfern und Damen, die in Geschichten und Liedern vorkamen, alle wunderschön, alle wie Heilige und wert, daß man ihnen diente und sie beschützte. Wohl wahr, es gab auch alte Weiber, die an den Hintereingängen um Almosen bettelten, und laute, schmierige Küchenmägde mit roten Nasen und schlechten Zähnen und dumme gelbhaarige Puppen, die mit den Bewaffneten herumtändelten – doch was machte das schon? Man hatte mich gelehrt, hinter das Äußere zu blicken und mich der Geschichten zu erinnern, in denen Göttinnen als Bauernmädchen oder alte, zerlumpte Frauen verkleidet umherwandelten. Als ich älter wurde, war ich geradezu besessen von der Vorstellung, ich müsse alle Frauen ehren und sie vor Gefahren beschützen. Männer taten ihnen furchtbare Dinge an, wie ich schaudernd erfuhr. Der Priester, der mich im Katechismus unterwies, erzählte mir von der Versuchung. Auch ich, sagte er, könne eines Tages in Versuchung geraten, diesen sankrosankten Wesen Furchtbares anzutun. Lieber Gott, ich …? – Wie inbrünstig ich betete, welch hehre Vorsätze ich faßte. Ich würde mein Leben als unbescholtener Ritter beschließen. Ich würde die schönste aller Frauen lieben und ihr meine tugendhafte Bewunderung zu Füßen legen. Vielleicht würde sie dann meine Hand nehmen und mich zu ihrem Liebsten machen, und ich würde sie lieben, ihren wunderschönen Leib aber niemals, niemals berühren. Ich würde mich um ihretwillen zu lebenslanger Keuschheit verpflichten. Der Gedanke, daß die Dame mit diesem Arrangement vielleicht nicht einverstanden sein könnte, kam mir nicht.

Woran man sieht, daß ich kein sonderlich kluger Jüngling war – man könnte mit einiger Berechtigung sogar sagen, daß ich ein wenig selbstgefällig war. Ich will es auch gar nicht leugnen, ebensowenig wie den Umstand, daß ich so unreif war wie ein grüner Apfel, auch dann noch, als ich es längst hätte besser wissen müssen.

Es nahte der Tag, da ich zum Ritter geschlagen werden sollte – als Sohn eines Ritters konnte ich bereits mit achtzehn in den Ritterstand erhoben werden; mein Vater würde für mich bürgen und bezeugen, daß ich ihm als Knappe gedient hatte. Mein Geburtstag war im November, und zu

Weihnachten wollte man mich nach Camelot mitnehmen und König Artus vorstellen, der anschließend das feierliche Ritual vollziehen würde.

Ihr könnt Euch wohl denken, daß große Aufregung in der Burg herrschte und meine Eltern sich nach Kräften bemühten, mir die denkbar beste Ausrüstung mitzugeben. Mein Vater reiste eigens nach Winchester, um mir eine prachtvolle Rüstung zu besorgen – teilweise mit Ketten –, teilweise mit Plattenpanzerung, mit raffinierten Gelenken versehen, damasziert und auf der Innenseite mit weichem Leder gefüttert, damit sie auch bequem zu tragen war. Das Schwert aber erwarb er in Marazion, von den jüdischen Händlern, die seit jeher vom Heiligen Land dorthin kamen – es handelte sich um eine Klinge aus Damaskus, und besser war nur von Elfen geschmiedeter Stahl. Meine Mutter und Tante Lynett fertigten den prachtvollen Federbusch und die bunten Seidenbänder an, welche den großen Turnierhelm zieren würden; der Federbusch stellte den Falken der Orkney-Familie dar, war aber weiß, um ihn von den anderen zu unterscheiden, und mein Schild war gänzlich ohne Schmuck und sollte solange ein jungfräuliches Weiß zeigen, bis ich mir ein ehrenvolles Wappen erwarb. Dazu gehörten natürlich noch Lederwämse und Kniehosen aus Leder, Wolle und grobem Leinen sowie Hemden aus feinem Leinen; und höfische Kleider aus Seide und Samt sowie ein kurzer, mit Eichhörnchenfell besetzter Umhang, worin ich dem König und der Königin meine Aufwartung machen würde. Von den Stiefeln und Schuhen, Handschuhen und Nachthauben und was weiß ich noch allem ganz zu schweigen. Am Ende benötigte ich drei Maultiere, um das viele Gepäck zu transportieren.

Mein Vater hatte mir häufig erzählt, wie er zu seiner Zeit in einem alten Lederwams und ohne einen Penny im Geldbeutel an König Artus' Hof gekommen war, und zwar zu Fuß, so daß er überhaupt nicht mehr laufen konnte, als er Camelot erreichte, und sich auf zwei alte Männer stützen mußte, als er zum Podium humpelte, und daß er seine Herkunft verschwieg und zunächst Küchenbursche wurde, weil er den Spott seiner großen Brüder fürchtete, die ihn immer gehänselt hatten, und auch zu stolz war, um sich von ihnen unter die Fittiche nehmen und bemitleiden zu lassen. Er wartete den rechten Zeitpunkt ab, hielt die Augen auf, lernte dazu und erreichte am Ende sein Ziel. Seine Mutter Morgause hätte ihn sicherlich verschwenderisch mit allem ausgestattet, was ein Ritter brauchte, und ihm auch mit ihrer Magie geholfen – nicht aus Zuneigung, sondern aus Familienstolz –, doch das wollte er nicht. Als er aufbrach, nahm er nicht einmal ein Schwert mit. Doch er wollte, daß mein Leben anders begann, und das galt auch für meine Mutter; und was Lynett betraf, so musterte sie mich von oben bis unten, doch ihre Gedanken behielt sie für sich.

Mein Vater hatte mir sein eigenes Pferd gegeben, einen guten, verläßlichen Kameraden, der Trojan hießt, nicht zu groß für mich war und auch nicht zu wild, gut erzogen und gutmütig und mir schon seit langem ein guter Freund. Insgeheim hatte ich gebangt, die Ritterehre könnte von mir verlangen, um ein größeres und feurigeres Pferd zu bitten, so daß ich erleichtert war, als mein Vater darauf bestand, daß sein gehorsamer Sohn Trojan mitnahm und keinen anderen. Auf Trojan war in jeder Lage Verlaß. Ich hatte mit ihm Turnierkämpfe geübt, mit meinem Vater und einigen seiner Freunde, und wir wußten beide, was wir voneinander zu erwarten hatten. Der Lanzenkampf ist ein Spiel wie jedes andere, und ich galt als recht gut darin. Nach dem Ritterschlag würde ich natürlich am Turnier teilnehmen müssen.

Es war eine lange, kalte, beschwerliche Reise, so daß es mich nicht wunderte, daß meine Mutter und Tante Lynett davon Abstand nahmen. Mein Vater und ich wurden nur von den Bewaffneten begleitet. Ich war freudig gestimmt – auch ohne daß die Damen mich nervös machten, war ich schon so angespannt genug. Ich glaube, ich hätte ihre Anwesenheit nicht ertragen.

Als wir den Regen und die Kälte, den Schlamm und den Nebel überstanden hatten, erblickten wir kurz nach Mittag des kurzen, trüben Tages endlich die Burg Camelot. Mit all den funkelnden Türmen und Zinnen, den wehenden Fahnen über den massiven steinernen Brustwehren und dem kleinen, bunten Städtchen zu ihren Füßen bot sie einen erhebenden Anblick. Das große Tor stand sperrangelweit offen, die Zugbrücke war heruntergelassen, und alle möglichen Leute gingen lärmend ein und aus; Musik spielte, Trompeten schallten von den Türmchen, Glocken läuteten, und in den Fenstern brannten schon Lichter. Mein Vater meinte, er könne bereits den Duft der Speisen riechen, die in einer Meile Entfernung bereitet wurden. Mit lautem Hufgetrappel ritten wir durchs große Tor, an dem Bewaffnete in Artus' Uniform Wache hielten, offenbar eher, um Gäste willkommen zu heißen, denn zum Schutz vor Feinden. Ein Trompeter über dem Tor kündete unser Eintreffen an. Wir ritten am Bergfried vorbei über den Hof bis zum Palas, wo es warm und hell war und alle prächtige Kleider trugen. Nachdem wir uns gewaschen hatten, erwartete ich, man werde meinen Vater feierlich dem Königspaar vorstellen, doch der König machte keinerlei Umstände mit uns. Vom Podium aus hatte er uns hereinkommen sehen und schritt uns sogleich mit ausgestreckter Hand entgegen. Er war wie ein Jägersmann mit einem Lederwams bekleidet, denn die Festlichkeiten hatten noch nicht begonnen; am Blick aber war er gleich als König zu erkennen. Ein großer Mann, größer noch als mein Vater; blond, den Bart kurz gestutzt, zwischen vierzig und fünfzig, mit einem Kopf wie eine dieser Marmorstatuen, welche die Römer zurückgelassen haben, und großen, strahlenden grauen Augen. Wäre er in Lumpen gekleidet gewesen, hätte ich zwei- und dreimal hingeschaut. Er faßte meinen Vater freundlich bei der Hand und begrüßte ihn als alten Freund; dann musterte er mich eingehend, legte mir seine feste, ziemlich schwere Hand auf die Schulter und geleitete uns zum Podium, wo die Königin saß.

Es heißt, ihr Name bedeute ›Die Weiße Erscheinung‹. Und wirklich, eine so bleiche Dame hatte ich noch nie gesehen – ihr Haar war wie ein blasser Goldfaden, Gesicht, Hals und Arme wie schimmerndes Elfenbein oder eine Meeresklippe im Sommer, wenn die Sonne darauf niederbrennt. Auch ihre Augen waren leuchtend, strahlend und klar wie das Meer an einem ruhigen Tag. Ein wunderschönes weißes Gespenst von einer Dame, der Mond an Artus' Seite, welcher die Sonne war. Sie trug ein weiß-silbernes, weites, fließendes Gewand. Ich wußte, daß sie angeblich ein Kind erwartete, und folglich kam sie mir kaum weniger heilig vor als unsere Muttergottes selbst; und ich meinte, bei ihrem Anblick müsse mir das Herz stehenbleiben. Ich ließ mich auf ein Knie nieder, um ihre Hand zu küssen, wie man es mir beigebracht hatte, und anschließend kam ich kaum mehr hoch; mein Vater mußte nachhelfen und zog mich keineswegs unfreundlich auf die Beine.

Guinevere entließ mich mit einem ziemlich kühlen Lächeln, und mein Vater machte mich mit einigen anderen Rittern bekannt. Vor allem begrüßte er die älteren, die schon von Anfang an, also seit über zwanzig Jahren, bei Artus waren – Sir Kay den Seneschall und Sir Lucan den Butler. Offenbar handelte es sich um Ehrentitel, oder aber sie waren nur mehr mit der Oberaufsicht befaßt, denn Sir Lucan zog niemals einen Korken heraus oder zapfte ein Faß an, und Sir Kay war mehr mit Zahlenkolonnen und Vorratslisten befaßt als mit der Küche. Mein Vater sah ihn allerdings immer noch ein wenig schief an, als erinnerte er sich daran, wie man ihn zum Abwaschen abkommandiert und ihm den Spitznamen ›Schönhand‹ verpaßt hatte. Dann waren da noch Sir Griflet, den Artus als ersten in den Ritterstand erhoben hatte, mittlerweile wie Artus ein kräftiger Mann von mindestens vierzig Jahren; und Ulphius, der an seiner ersten großen Schlacht teilgenommen hatte; und der alte Ector, Artus' Pflegevater, mittlerweile vollständig ergraut und mit langem Bart. Auch einige der jüngeren Ritter waren da, denn mittlerweile wuchs die zweite Generation der Tafelrunde heran: Lamorak und Parzival, die Söhne König Pellenores – Parzival, ein bemerkenswerter Jüngling, übergroß und mit gebeugter Haltung, jedoch leuchtenden, verträumten Augen. Dann waren da noch Tristan, hellhäutig mit dunklen Brauen, aber von eindrucksvoller Statur; und Dinadan, der fröhliche, liebenswerte Spaßvogel mit dem losen Mundwerk, der sich gerade von links zu Guinevere hinüberbeugte und sich bemühte, sie zum Lachen zu bringen; und rechts von ihr saß Lanzelot …

Nun aber begrüßte mein Vater seine Brüder, die drei Männer aus Orkney, meine Onkel – Gawain, meinen Namensvetter, Gaheris und Agravaine. Sie waren große, polternde Männer, die laut lachten und sich eines nördlichen Dialekts bedienten, den ich kaum verstand. Sie hielten einen lärmenden Familienschwatz, voll dröhnenden Gelächters und dunkler Anspielungen. Ich hörte, wie Gaheris sich mit verdrießlichem Lächeln nach seiner Gemahlin erkundigte, ohne die Antwort abzuwarten. Mein Vater zog mich mit in ihren Kreis. »Hier ist der Junge«, sagte er. Alle wendeten sich mir zu, und plötzlich kam ich mir sehr klein vor.

»Er ist mager«, sagte Gawain und zwickte mich in die Schulter. »Keine Muskeln. Mein Gott, Gareth, weshalb konntest du nicht ein ordentliches Orkney-Mädel heiraten?«

»Das wolltest du wohl mich fragen«, warf Gaheris ein. »Ich könnte ein Dutzend haben, wenn irgendein zuvorkommender Räuber ...«

»Das reicht«, fiel mein Vater ihm ins Wort. »Das wissen wir schon alles. Nun, hier ist mein Sohn, und ich wage zu behaupten, daß er sich ebensogut machen wird wie jeder andere hier am Hof. Wirst du ihm morgen den Schlag geben, Gawain?«

»Das werde ich«, sagte Gawain, und da wußte ich, daß sie etwas mit mir vorhatten.

Dann faßte er meinen Vater beim Ellbogen und nahm ihn ein Stück beiseite, und ich hörte, wie er halblaut murmelte: »Mordred ist hier.«

»Mordred?« Mein Vater hob die Brauen. Von der folgenden Unterhaltung schnappte ich lediglich das Wort ›sechzehn‹ auf, doch sie schnitten allerlei geheimnistuerische

Grimassen und gestikulierten wild, was mir Unbehagen bereitete.

Dann führte mein Vater mich aus dem Palas in den langen Kreuzgang hinaus und näherte sich einer Tür, aus der uns ein Lärm entgegenschlug, welcher den Palas vergleichsweise leise erscheinen ließ.

»Dort mußt du hin«, sagte er. »In den Knappensaal, bis du die Zeremonie morgen und übermorgen hinter dich gebracht hast. Ich kann dich nicht länger begleiten – von jetzt an mußt du allein zurechtkommen.«

Mir sank der Mut.

Er reichte mir ein Bündel Kleider.

»Hier ist das Nötigste für heute abend. Nicht deine besten Sachen. Die bewahre ich für dich auf und lasse sie dir von einem Pagen bringen, wenn du sie brauchst. Es wäre nicht gut, wenn du mehr mitnehmen würdest – du wirst den Grund noch früh genug erfahren … Jetzt geh, und Gott sei mit dir.«

Er schob mich auf die Tür zu.

»Geh«, drängte er und tat so, als wolle er mich treten. Ich wappnete mich und öffnete die Tür.

Eine ziemlich hohe, schleppende Stimme übertönte das wüste Gebrüll: »Und dann hat die erwähnte Dame – nun, ihre Kleider ausgezogen …«

»*Alle* ihre Kleider?« fragten mehrere Stimmen im Chor.

»Alle ihre Kleider, und sie war im Begriff …«

Der Sprecher hielt plötzlich inne, und alle Blicke wandten sich mir zu.

Ich nehme an, dies waren im Grunde keine schlechten Burschen, mir aber kamen sie vor wie eine feindselige Horde wilder Tiere; und so sahen sie mich auch an. Der

Bursche, der die Geschichte erzählt hatte und etwas jünger wirkte als ich, setzte sich an ihre Spitze. Er war blond und hellhäutig und erinnerte mich von ferne an jemanden; alles an ihm wirkte freilich ungeschlacht – er hatte schwere Lider, wulstige Lippen, geschwollene Nasenflügel, fleckige Haut, und seine Wangen waren mit rötlichen Härchen bedeckt. Im Nacken wellte sich sein Haar zu dicken blonden Locken, und seine Augen ähnelten blauen Murmeln. Er sprach mich an.

»Ach ... ein Neuer. Wie schön. Und wie beliebst du dich zu nennen?«

Ich nahm all meinen Mut zusammen.

»Gawain«, antwortete ich.

»Gawain!« Der Name rief ungläubiges Gelächter hervor.

»Das ist die erste Lüge«, rief der Anführer.

Ich spürte, wie mir das Blut in die Wangen schoß.

»Ihr müßt mir glauben, daß ich wirklich so heiße«, sagte ich. »Ich bin Gawain, Gareth von Orkneys Sohn.«

»Oho!« sagte er, und seine Murmelaugen traten noch ein wenig weiter hervor. »Tatsächlich? Nun, dann bist du mein Neffe. Begrüß deinen Onkel Mordred.« Und er streckte mir die Hand hin.

Die Hand gefiel mir nicht, doch konnte ich sie nicht gut zurückweisen; daher ergriff ich sie, und er versetzte mir mit der Linken eine schmerzhafte Ohrfeige, so daß ich quer durch den Raum taumelte und gegen eine Reihe von Waschschüsseln prallte. Eine Zinnschüssel kippte um und durchnäßte mich und die sauberen Kleider, die ich am Leibe trug. Benommen, verletzt und naß rappelte ich mich hoch.

»Das war dein Ritterschlag«, sagte er. »Es wird euch freuen, zu erfahren«, wandte er sich an die Allgemeinheit,

»daß diese Person – mein Neffe – morgen zum Ritter geschlagen wird – mit achtzehn! Und zwar, weil er seines Vaters Sohn ist. Manche Leute haben eben Glück. Komm her, Neffe, und küß mir die Stiefel. Mach schon.«

»Eher wirst du in der Hölle schmoren«, sagte ich.

Die anderen lachten. Ich konnte nicht erkennen, ob sie für oder gegen mich waren, nahm aber eher letzteres an. Dann mischte sich ein Bursche ein, dessen Gesicht mir keineswegs unangenehm war. »Hör auf, Mordred«, sagte er. »Es reicht.« Dieser Bursche nun hatte einen breiten, gutmütigen Mund, eine kurze Nase und kümmerliche Brauen. »Ich bin Bedivere«, sagte er. »Laß mal sehen, was mit deinen Kleidern ist.«

Mordred zog sich mit den anderen zurück, die fortfuhren zu schwatzen und zu lachen, während sie Ausrüstungsgegenstände polierten und sich fürs Abendessen fertigmachten. Bedivere bemühte sich nach Kräften, mir mit meinen nassen Sachen zu helfen.

»Seine Majestät wirkt zufrieden heute«, bemerkte jemand beiläufig.

»Das wundert mich nicht«, warf ein anderer ein. »Es weiß doch jeder, wie es um die Königin steht. Zur nächsten Sommersonnenwende, heißt es.«

»Dann wird der alte Knabe also endlich einen Erben bekommen?«

»Als wenn er den nicht schon hätte«, meldete sich Mordred zu Wort. »Und was die legitimen Erben betrifft, nun, es heißt, ein kluges Kind kennt seinen Vater. Unser guter König wird über das Kind der Königin sicherlich sehr erfreut sein.«

Ein wenig unvorsichtig trat ich aus meiner Ecke hervor.

»Was meinst du damit?« fragte ich über die Köpfe hinweg. Mordred fixierte mich mit seinen blauen Murmelaugen.

»Das, was ich gesagt habe, mein liebes Greenhorn. Wir wissen doch alle über Lanzelot Bescheid – oder nicht? Über Lanzelot und Lady Guinevere? Nicht wahr? – Das heißt, alle, bis auf unseren verehrten König – der glaubt, er bekäme endlich einen legitimen Thronerben …«

Das war zuviel für mich. Ich drängte mich nach vorn.

»Zieh das Schwert«, sagte ich und erkannte meine Stimme kaum wieder.

»Wie? Ach, das ist ja mein Neffe. Aber mein Junge, doch nicht diese Töne …«

»Zieh das Schwert«, wiederholte ich.

»Ach, Gott! Was fällt dem Kind eigentlich ein?«

»Ich verbiete es dir«, sagte ich, »ich verbiete dir, so über unsere Königin zu sprechen. Na los, zieh das Schwert!«

»Ach, mach dich doch nicht lächerlich!« lachte er. »Ich bin jederzeit bereit, es zu wiederholen. Sie ist eine …«

Mit einem Satz hatte ich ihn erreicht und packte ihn bei der Kehle – eine Bank kippte krachend um, und wir wälzten uns auf dem Boden. Ich hatte Herzklopfen, und mir schwirrte der Kopf, so daß ich die plötzliche Stille eher spürte als bewußt wahrnahm, als die Tür aufging und eine ältere Stimme sagte:

»Was ist das für ein Lärm? Steht auf.«

Mordred und ich rappelten uns hoch. Im Eingang stand Sir Griflet, der, wie ich später erfuhr, die Aufsicht über die Knappen hatte, und blickte finster in den Raum.

»Nun? Ihr rangelt euch wie betrunkene Bauernflegel in einer Wirtschaft?«

»Sir«, sagte ich, den Blick auf seine Füße gesenkt, »er hat schändliche Reden über ... über eine Dame geführt ...«

»Aha. Den Damen wäre es ebenso wie den Hoheiten lieber, wenn ihr Frieden halten würdet. Du da – du bist Sir Gareths Sohn, hab ich recht?«

»Der bin ich, Sir, mit Verlaub.«

»Und sollst am Weihnachtstag zum Ritter geschlagen werden. Kein guter Anfang. Nein, ich werde den Vorfall nicht weitermelden, und zwar allein aus diesem Grund. Und jetzt gebt Ruhe, ihr Bengel, und macht euch für den Palas fertig. Das Fleisch wird gleich aufgetragen. Beeilt euch.«

Er schwang die Tür zu, und wir begaben uns mürrisch zu unseren Waschschüsseln und Kämmen. Bedivere stand neben mir.

»Beachte Mordred nicht«, sagte er leise. »Wir wissen alle, wie er ist. Laß ihn in Ruhe. Keiner von uns mag ihn, aber die Schwächeren folgen ihm, und wegen –« An dieser Stelle stockte er, dann schloß er: »Wegen seiner Mutter müssen wir uns mit ihm abfinden.«

Bedivere blieb den Rest des Abends über an meiner Seite und legte für die Nacht seinen Strohsack neben meinen, um Mordred und seine Gefolgsleute fernzuhalten, sonst hätte ich es wohl nicht ausgehalten. Bedivere war ein braver Bursche, sehr verläßlich, hatte aber merkwürdige, verträumte Ansichten. Im Verlauf einer langen, geflüsterten Unterhaltung, die wir in jener Nacht führten, erzählte er mir, er habe einmal geträumt, er hätte eine große, furchtbare Schlacht als König Artus' allerletzter Ritter überlebt – und Artus sei in seinen Armen gestorben. Als er erwachte, habe er vor Angst am ganzen Leibe gezittert und entsetzlich gefroren und bis jetzt habe er niemandem davon erzählt. Er sollte zu Ostern zum Ritter geschlagen werden.

Am kalten Weihnachtsmorgen waren wir bereits lange vor dem Morgengrauen wach, und als wir in den Palas kamen, gab es ein gutes Frühstück, und zwar nur für die Knappen, denn die Ritter speisten in einem anderen Raum. Es gab Suppe und Brot, gesalzene Butter und einen kleinen Becher Ale – und ich war wohlberaten, kräftig zuzulangen, denn bis zum Frühstück am folgenden Tag würde ich fasten müssen. Alles war ganz wunderbar, doch mir war schlecht vor Aufregung und Anspannung und wegen der Bedeutung des Augenblicks. Ich schluckte ein wenig Suppe, doch daß ich ausgiebig gefrühstückt hätte, konnte niemand behaupten.

Ich war froh, als ein Mönch in einer braunen Kutte auftauchte und mich zu sich winkte. Bevidere sagte: »Na dann los – viel Glück!« und drückte mir die Hand. Mordred aber sah am anderen Ende der Tafel hoch, stülpte seine wulstigen Lippen vor, blähte hohnlächelnd die Nüstern, zuckte mit einer Braue – als wollte er einen Schatten auf die ganze Angelegenheit werfen. Ausgerechnet in dem Moment, da ich um Gelassenheit und Sammlung bemüht war.

Der Mönch geleitete mich in die große Kirche, wo ich die Beichte ablegte – und wie ich mich bemühte! Meine Seele sollte so rein sein, wie es nur ging. Selbstquälerisch durchforschte ich alle Winkel meines Geistes und beschuldigte mich für alle Fälle sündiger Absichten, die ich wahrscheinlich nie gehabt hatte … Nach dieser Anstrengung und den leisen Worten des Priesters fühlte ich mich geläutert, und alle Zwietracht und jeglicher von Mordred und seinen Freunden ausgehender Mißklang fielen von mir ab. Anschließend geleitete man mich in einen großen, hallenden

Raum neben der Küche, wo ich das rituelle Bad nahm. In dem Raum stand ein großer runder Bottich mit heißem Wasser, der von den Küchenburschen aus den großen Kesseln in der angrenzenden Küche aufgefüllt wurde. Als ich den Raum betrat, wurde soeben der letzte Kessel in den Bottich entleert. Das Bad duftete nach wohlriechenden Kräutern, und auf dem Wasser schwammen Rosenblüten. Mein Vater und Onkel Gawain waren in ihrer Eigenschaft als meine Bürgen anwesend und entkleideten mich, halfen mir beim Hineinsteigen und legten anschließend mit Stickereien verzierte Tücher über den Bottich, so daß nur noch mein Kopf zu sehen war. Dann rezitierten sie abwechselnd eine lange Aufzählung der ritterlichen Pflichten. Ich saß derweil entspannt auf einem Holzschemel, mit dem Rücken an die Wand des Bottichs gelehnt, umhüllt vom warmen, duftenden Wasser – nach all der Aufregung ein wenig benommen und träumerisch, während die sonoren, monotonen Worte fort und fort tönten –, und wäre beinahe eingeschlafen. Es war behaglich und friedlich, und ich wünschte, es hätte ewig so bleiben können. Die mahnenden Worte verschmolzen in meinen Ohren zu einer Art erhabener Musik – ich hätte nicht sagen können, was sie bedeuteten. Ich war meilenweit entfernt – bis die Litanei auf einmal abbrach, das Tuch weggerissen wurde und mein Vater mich herauszog. Die Luft war erbärmlich kalt, als ich aus dem warmen Wasser stieg. Mein Vater und mein Onkel hüllten mich in warme Tücher und führten mich mit meinen patschenden bloßen Füßen in einen kleinen Raum ganz in der Nähe, wo sie mich auf ein weiß bezogenes Bett legten. Und jetzt, dachte ich, darf ich endlich ausschlafen. Weit gefehlt. Offenbar war der Aufenthalt im Bett nur symbolisch gemeint.

Kaum hatte ich gebetet und einen Moment darin gelegen, da zogen sie mich auch schon wieder hoch, warfen mir ein frisches Hemd, ein Gewand und Kniehosen zu und forderten mich auf, mich anzukleiden – denn nun, sagten sie, sei ich ein neuer Mensch, wie frisch geboren, und müsse mich erheben und ein neues Leben beginnen.

Es muß schon spät gewesen sein. Ich weiß nicht, wieviel Zeit verstrichen war, doch es war bereits dunkel, und die Fackeln brannten. In der großen Kirche hatten sich die Ritter versammelt und schimmerten im Kerzenschein. Es wurde ausgiebig gesungen und gebetet und aus der Bibel vorgelesen. Dann zeigte man mir meine Brustplatte und den Helm, den Schild, das Schwert, die Sporen und den Gürtel und erklärte mir, welche Bedeutung sie für einen Ritter hätten; und nachdem man sie mit Weihwasser und Myrrhe geweiht hatte, legte man ein Teil nach dem anderen auf den Altar der kleinen, dunklen Kapelle hinter dem Hochaltar.

Der Priester, eine ferne, unpersönliche Gestalt, faßte mich bei der Hand und führte mich, barhäuptig und lediglich mit Umhang und Hose bekleidet, zu einem Betschemel vor dem Ostaltar und hieß mich niederknien.

»Bleib hier knien«, flüsterte er mir zu, »und behalte deine Waffen bis zum Tagesanbruch im Auge. Rühr dich nicht vom Fleck und schau dich nicht um. Der Herr sei mit dir.« Worauf er davonraschelte. Ich hörte, wie der Chor und die Ritter hinausgingen – das Licht, das von der Ostwand hinter dem Altar reflektiert wurde, verblaßte immer mehr, woraus ich schloß, daß die Kerzen nacheinander gelöscht wurden; offenbar blieb am Ende eine einzelne brennende Kerze übrig. Die Schritte entfernten sich in der Kirche. Ich war allein.

In Erwartung der langen Nachtwache versuchte ich, meinen Geist mit angemessenen Gedanken zu füllen. Zunächst fiel es mir leicht, denn ich hatte eine Menge Stoff zum Nachdenken – endlich würde ich zum Ritter geschlagen werden, und wie bei der Erstkommunion würde die Kraft in mich eingehen, und ich würde nie mehr der gleiche sein. Ich würde ein tadelloser Ritter sein, stets tapfer, stets ritterlich, stark und verläßlich. Ich war gereinigt an Körper und Seele, so makellos, daß ich fürchtete, mich wieder zu beschmutzen. Wenn ich jetzt sterben könnte, würde ich doch wohl geradewegs ins Paradies gelangen? Aber nein, ich sollte ja Ritter werden und hatte Pflichten. Ach, ich würde, ich würde ... Und dann verebbte der Strom der edlen, inspirierenden Gedanken und versiegte, und in den Mittelpunkt meiner Aufmerksamkeit rückte der Umstand, daß ich allein war in diesem dunklen, riesigen, stillen Raum, aus dem es für lange Stunden kein Entrinnen gab; und daß ich mich weder vom Fleck rühren noch umdrehen durfte ... nicht umdrehen, ganz gleich, was hinter mir ist? Ich spitzte die Ohren, und mir sank der Mut. Stille – durchbrochen vom leisen, unheimlichen Knacken und Rascheln und Ticken, wie es großen, dunklen Räumen bei Nacht zu eigen ist ... Wie kalt es mir im Nacken war ... Rascheln und Seufzen, das Knarren von altem Holz. Nein, ich durfte mich nicht umdrehen. Vor mir lag der Altar, ein alter, schlichter Stein, bedeckt mit einem purpurfarbenen Tuch, auf dem meine Rüstung lag, darüber ein Bogenfenster und an der unverputzten Backsteinwand zwischen Altar und Fenster ein schwarzes Holzkreuz, auf das ich mich zu konzentrieren versuchte; rechts und links des Kreuzes aber war nackte, kahle Wand, auf die das Licht der dünnen Wachskerze fiel; und da erhob sich vor meinen Augen links des Kreuzes ein Schatten und nahm Gestalt an – die Gestalt eines Kopfes, mit Hörnern und wackelnden Ohren …

Ich unterdrückte einen Schrei – nein, ich durfte mich nicht umdrehen, unter keinen Umständen. Schließlich war ich ein Ritter – oder etwa nicht? Ich mußte ein Ritter sein, Gott steh mir bei – und das, obwohl mir dieses grauenhafte Wesen über die Schulter blickte …

Und dann vernahm ich das Geräusch von Schritten, ein Rascheln und ein boshaftes Kichern. Mordred! In meine Erleichterung mischte sich Zorn darüber, daß er mich mit solchen Kinderpossen zu erschrecken suchte. Nun, ich konnte bessere Schattenbilder werfen … Doch daß er und seine Gefolgsleute – wie viele es waren, konnte ich nicht erkennen – mich nun drangsalieren und mir meine feierliche Nachtwache mit ihren dummen Streichen vergällen konnten – ich war ganz allein und ihnen auf Gnade und Ungnade ausgeliefert. Was sollte ich tun, wenn sie über mich herfielen? Sollte ich mir das Schwert vom Altar greifen und auf sie einschlagen? Man hatte mir befohlen, mich nicht vom Fleck zu rühren und mich nicht umzuschauen. Ach Gott, es war schwer.

Eine Weile verharrten sie hinter mir, machten Teufelsschatten, kicherten und warteten ab, wie ich es aufnahm. Sie machten auch Geräusche – sie zischten, flüsterten, tappten umher und stöhnten. Doch nun, da ich wußte, woher die Geräusche kamen, fiel es mir leicht, sie zu mißachten – allerdings betete ich darum, daß es bei Geräuschen bleiben würde. Und nach einer Weile, als die Knappen sicher waren, daß ich nicht reagieren würde, ließen sie davon ab und gingen fort, und ich hörte, wie sich ihre Schritte in der Kirche entfernten. Abermals war ich allein.

Nun jedoch fiel es mir noch schwerer als zuvor, meine zerstreuten Gedanken zu sammeln. Angenommen – ging es mir durch den Sinn – angenommen, das Ding an der Wand war kein bloßer Schatten gewesen? Aber nein – ich mußte an die Ideale des Ritterlebens denken. Gut und aufrichtig sein, die Damen und Jungfern ehren und beschützen – o ja, ja, das würde ich ... trotz ... trotz was? Trotz des alten Mannes, den ich aus den Augenwinkeln sah und der immer wieder sagte: »Du – du willst Damen und Jungfern beschützen? – Weißt du, was du tun wirst – du wirst irgendwann eine Jungfrau deflorieren. Ja, das wirst du. Du! Du wirst ein wehrloses Mädchen ins Verderben stürzen und ihr nehmen, was sie nie wieder haben kann – und dann wird sie in Schande fallen und sich womöglich das Leben nehmen. Und du! Man wird mit dem Finger auf dich zeigen – der Koch wird dir die Sporen abhacken – man wird dich fortjagen, und was wirst du dann tun?«

Ich versuchte, um die Ecke zu blicken – er war grauhaarig und hatte einen langen Bart, und gelbe Zähne ragten über seine Lippen. Er schien schwach aus sich heraus zu leuchten. So rasch ich auch die Augäpfel bewegte, zog er sich nur weiter hinter meinen Kopf zurück. Und er redete unablässig auf mich ein:

»Vielleicht wird ja niemand erfahren, daß du es warst, und das wird noch schlimmer sein. Die Schuldgefühle werden dich zerfressen, man wird dich für einen treuen Ritter halten, während das arme Mädchen – vielleicht gibt es ja auch mehrere arme Mädchen. Du wirst wissen, daß du böse bist. Du wärst lieber tot. Du weißt, du wirst es tun. Du weißt es. Du und ein Ritter! Du solltest besser aufspringen, in den Palas rennen und verkünden, du taugtest nicht dazu. Du traust dich nicht? Es fehlt dir an Mut? Dann nur zu, versündige dich und sei verdammt.«

Ich hörte, wie er gackernd lachte, und diesmal wußte ich, daß dies nicht die Knappen waren. Das war etwas anderes. Hörte ich nicht Leichenknochen klappern, als er sich die Hände rieb? Und stieg mir nicht ein grauenhafter Grabesgestank in die Nase?

Und dann nahm ich auf der anderen Seite etwas Rundes, Schwebendes wahr, eine Art Lichtball, der immer wieder am Rande meines Gesichtsfeldes auftauchte – als er ein wenig näher kam, sah ich, daß es eine leuchtende Kugel war, darin eingeschlossen das Gesicht der schönsten Frau, die ich je erblickt hatte. Das wunderschöne Gesicht brach vor meinen Augen in Tränen aus, und am liebsten hätte ich flehentlich die Arme zu ihm ausgestreckt. Die Vision, ein Gesicht, nichts weiter, schwebte so dicht bei mir, daß ich schon meinte, sie würde mich auf die Wangen küssen; sie war so dicht hinter meinem Ellbogen, daß ich mich nur mit allergrößter Mühe bezähmen konnte, sonst hätte ich mich umgedreht. Anscheinend rief sie mich auch. Dann kam sie wieder vorgeraschelt – das war doch das Rascheln von Seide und Satin, was ich da neben mir auf dem Boden hörte? Es hatte den Anschein, als wölbte sich etwas hervor aus dem leuchtenden Kopf – und als ich den Blick so weit wie möglich senkte, fiel das Licht der leuchtenden Kugel auf die darunter befindliche Gestalt – und da sah ich, daß es gar kein Mensch war, sondern eine riesige, dunkel glitzernde Schlange – eine Schlange, deren Leib dicker war als mein Arm, dunkelblau und irisierend und sich windend hinter mir in der Dunkelheit, und ihr Kopf, ihr Kopf war dieses herzzerreißend schöne Gesicht …

Ich schluchzte laut, und der Schweiß brach mir aus allen Poren. Ob ich betete? Ich betete wie ein Wahnsinniger – und die ganze Zeit redete der grauhaarige Alte an meiner anderen Seite auf mich ein: »Es ist zwecklos, du siehst es ja, es ist zwecklos ...« Doch ich hielt durch – das heißt, ich hielt mich fest, denn ich umklammerte den Gebetsschemel mit beiden Händen, fixierte das vor mir befindliche Kreuz und versuchte, mir die Muttergottes und die heiligen Engel vorzustellen – und dann endlich begann die große Glocke zu läuten, und es näherten sich die Schritte des Priesters, der mich befreien kam – und da verschwanden die Phantome plötzlich. Freilich zitterte ich am ganzen Leib, und als mich der Priester auf die Beine zog, sah er mich seltsam an und sagte: »Schon gut – armer Junge, du hattest eine schwere Nachtwache. Du bist ja ganz steif – das kommt vom langen Knien. Schön langsam, mein Sohn.« Tatsächlich mußte ich mich schwer auf ihn stützen, denn ich konnte kaum stehen.

Man half mir in eine Sakristei, wo ich auf einen Stuhl niedersank und eine Weile ausruhen durfte, während mir ein Mönch kaltes Wasser ins Gesicht spritzte – das Fasten durfte ich noch nicht abbrechen. Dann wurde es hell hinter dem Eingang der Sakristei, es roch nach Weihrauch, und man vernahm Gesang – das Murmeln und Rascheln einer großen, festlichen Menge und die frommen Stimmen der Priester. Einer der Mönche sagte: »Komm« und zog mich auf die Beine, und flankiert von zwei Mönchen trat ich wieder hinaus in die Kirche. Jetzt war sie hell erleuchtet, von Lampen und Unmengen von Kerzen, und der Hochaltar war weiß und golden geschmückt. Ritter und Damen, in poliertem Metall und bunten Seiden strahlend, füllten den

Raum und wendeten ihre Gesichter mit einem feierlichen und erfüllten Ausdruck dem Altar zu. Und so begann die erste Weihnachtsmesse (natürlich nicht die große Christmette, denn die sollte erst um Mitternacht stattfinden). Eine weiße, strahlende Pracht hüllte uns alle ein. Als der Gottesdienst vorbei war, erhob sich der König und trat auf die Altarstufen. Die Mönche geleiteten mich vor ihn hin. Zwei Knappen traten an meine Seite, und als der Priester meinen Helm, meine Brustplatte, mein Schwert, den Gürtel und den Rest vom Altar nahm, überreichte sie mir König Artus persönlich, und die Knappen schnallten alles an mir fest. Als ich bis auf den Helm in voller Rüstung dastand, kniete ich vor König Artus auf den Altarstufen nieder und nahm den Ritterschlag entgegen.

In solchen Momenten hat man nicht viele Worte. Dies war mehr, als ich erwartet hatte. Von diesem Augenblick an war ich König Artus auf Leben und Tod verbunden. Ich war über mich hinausgewachsen. Etwas von Artus' Geist, von seiner Persönlichkeit, seiner speziellen Bedeutung ging auf mich über – ich hatte das Gefühl, er könne mir vertrauen wie einem eigenen Glied, dem Schwert in seiner Hand. Dies empfand ich in jenem Moment, als ich den Ritterschlag von ihm empfing und mich auf seine Aufforderung hin aufrichtete und ihm ins Gesicht sah.

Dann begannen die Glocken zu läuten, und viele Menschen drängten sich um mich, schüttelten mir die Hand und nannten mich Sir Gawain. Mein Vater war natürlich der erste und küßte mich ohne Beschämung auf die Wange. Dann kam die Königin, die ihm den Vortritt gelassen hatte, und reichte mir ihre weiße Hand zum Kuß; dann Lanzelots Handschlag und Sir Griflet, Sir Ector … Sir hier, Sir da, und die ganze Zeit über läuteten die Glocken. Auf einmal war ich todmüde und sehr hungrig. Gemessen schritten wir durch die Kirchentür, und da stand mein Onkel Gawain und näherte sich mir lächelnd, und die Menschen machten ihm Platz. Er streckte die Hand aus – und dann bekam ich einen kräftigen Schlag seitlich gegen den Kopf und fiel wie eine Kiefernnadel in den Staub, und alle lachten. Ich hörte ihn sagen: »Mögest du ein guter Ritter sein«, dann zog er mich auf die Beine. Das war in meinem Zustand zuviel für mich, Tränen traten mir in die Augen, und hemmungsloses Schluchzen drohte mir die Brust zu sprengen; doch ich beherrschte mich unter Aufbietung meiner letzten Kräfte – beherrschte mich so sehr, daß es dunkel um mich wurde und ich das Bewußtsein verlor.

Als ich die Augen wieder aufschlug, befand ich mich in einem kleinen, warmen, hellen Raum, mein Vater stützte mich und hielt mir einen Becher Wein an die Lippen, und mein Onkel Gawain sagte verlegen: »Ach, vielleicht hab ich ja ein bißchen fest zugeschlagen, aber so ist es nun mal Sitte, verstehst du – tut mir leid, mein Junge, aber weißt du, meine Hand ist so schwer – du bist doch nicht verletzt?« Mein Vater war ein wenig kurz angebunden zu Onkel Gawain, zu mir aber sehr sanft und verständnisvoll. Ich glaube, er wußte, was diese letzte Anstrengung für mich bedeutet hatte.

Als ich mich schließlich ein wenig erholt hatte, machten wir uns auf, um an der Tafelrunde ein üppiges Frühstück einzunehmen. Die Tafelrunde befand sich nicht im Palas, wo sich der ganze Hof versammeln konnte und der König und die Königin mit den Angehörigen des Hochadels auf dem Podium saßen, während die Lords und Ladies, die Ritter und Edelfrauen, die Knappen und Pagen, die Bewaffneten und alle anderen nach ihrem Rang geordnet vor ihnen an den langen Tischen Platz nahmen. Der Saal mit der Tafelrunde war allein den Rittern vorbehalten. Er war quadratisch, und die Tafel stand in der Mitte; der Tisch war in dreimal neun Plätze unterteilt; für vierundzwanzig Ritter, den König, die Königin (die einzige Frau, die hier gelegentlich anwesend war) und Merlin. Natürlich gehörten dem Orden mittlerweile mehr als vierundzwanzig Ritter an, doch wenn mehr anwesend waren, saßen die überzähligen an den Wänden des Saals. Ein Sitz an der Tafel blieb leer, dies war der Gefährliche Sitz. Der Platz eines jeden Ritters war namentlich gekennzeichnet, und wenn möglich saß jeder an seinem eigenen Platz. Natürlich waren meistens nicht alle gleichzeitig anwesend, doch die Namen waren da, zusammen mit den Namen der neuen Ritter, die über den alten angebracht wurden. Mein Onkel Gawain hatte es so eingerichtet, daß mein Name über seinem stand, Sir Gawain, was jetzt auch mein Name war, und daß ich seinen Platz einnahm; er selbst saß woanders. Ich hatte gehofft, Merlin hier zu sehen, von dem ich schon so viel gehört hatte. Doch er hielt sich nicht mehr am Hofe auf – es hieß, er werde allmählich alt –, und zu meiner Enttäuschung nahm ein jüngerer Magier seinen Platz ein.

Die Mahlzeiten an der Tafelrunde waren stets etwas ganz Besonderes – wie heute auch ging es zumeist feierlich und doch auch fröhlich dabei zu, als wären alle nach diesem erhabenen und frommen Tagesbeginn ein wenig beschwingt. Dies war die Tafel, an der bereits ein- oder zweimal der Heilige Gral erschienen war und, wie ich noch erleben sollte, ein- oder zweimal erscheinen würde.

Ich langte herzhaft zu, denn ich hatte es bitter nötig, und es war auch ein gutes Frühstück; man machte großes Aufheben um mich und war freundlich zu mir, dem neuen Ritter. Bald ging es mir wieder besser, und nach dem Frühstück führte mich mein Vater in eine der kleinen Kammern in den Unterkünften für die Ritter – Gott sei Dank brauchte ich nicht mehr zu den Knappen zurück! –, und dort ließ er mich in einem weichen Bett den Rest des Tages bis in die Nacht hinein schlafen.

Vor Mitternacht wurde ich geweckt, denn ich sollte an der Christmette teilnehmen. Mittlerweile wußte ich nicht mehr, ob es Tag oder Nacht war, und konnte zwischen heute, morgen und gestern kaum mehr unterscheiden. Da ich jedoch seit Mittag geschlafen hatte, war ich ausgeruht und genoß den späten Imbiß nach der Messe mehr als jene, die aufgeblieben waren und Weihnachtslieder gesungen hatten, während sie auf Mitternacht warteten. Als schließlich alle zu Bett gingen, war ich noch immer munter und streifte im Palas umher, wärmte mich am Feuer, polierte meine Rüstung für das morgige Turnier und schlug die Zeit tot, so gut ich es vermochte.

Endlich begannen sich bei Tagesanbruch die anderen wieder zu regen, und alle bereiteten sich auf das große Ereignis des Tages vor, das Turnier. Dies würde meine Bewährungsprobe werden, das wußte ich. Ich hatte emsig trainiert, kannte sämtliche Techniken und hatte bereits kleinere Turniere mit Nachbarn und zu Besuch weilenden Freunden bestritten; und mein Vater hatte mir versichert, ich würde mich schon gut schlagen, wenn ich nur einen kühlen Kopf behielte. Der alte Trojan wisse jedenfalls Bescheid.

Jeder kennt den Ablauf eines Turniers und weiß, wie die Schranken und Hindernisse aufgestellt werden, wie sich alles abspielt – die Zelte, die königliche Galerie, die Fahnen und Wimpel, die Farben und das Gepränge, der Lärm und die Aufregung. Da stand ich nun mit meinem brandneuen Turnierhelm und blickte durch den schmalen Schlitz. Doch ich hatte gelernt, trotz der eingeschränkten Sicht die Entfernungen mit einiger Sicherheit einzuschätzen.

Wir losten unsere Gegner aus; wenn man den ersten Gegner schlug, kam der nächste an die Reihe, solange wie man erfolgreich war. Ich wartete in der Schlange und beobachtete durch den Schlitz die Ritter auf der anderen Seite, die einer nach dem anderen vorrückten, doch unterscheiden konnte ich sie nicht, denn erkennbar waren sie nur anhand der Wappen und Muster auf den Schilden, und die sagten mir noch nicht viel – alle waren sie mir unbekannt. Der Herold rief ihre Namen aus, als sie Aufstellung nahmen. Beide ritten auf die Schranke zu, jeweils ein wenig seitlich versetzt zum Gegner, prallten gegeneinander und versuchten, sich gegenseitig vom Pferd zu werfen. Einer von beiden stürzte immer unter dem lauten Scheppern der Rüstung zu Boden, doch die war so gepolstert, daß der Getroffene meist nur Schrammen abbekam, obwohl die Speere für gewöhnlich splitterten. Freilich kam es bisweilen auch zu Unfällen …

Jetzt war ich an der Reihe. Der Herold verkündete: »Sir Segwa reitet gegen Sir Gawain le Jeune …«, und ich schüttelt Trojans Zügel und ritt los.

Ich sah, wie mein Gegner sich der anderen Seite der Schranke näherte, ein großer Mann in einer blauen Rüstung. Ich rief mir ins Gedächtnis, was man mich gelehrt hatte, und befolgte exakt die Anweisungen. Alles lief wie am Schnürchen. Zielen, den Speer anlegen, absenken, Schwung holen – ja! Als er vom Pferd stürzte, schepperte es wie eine Tonne Alteisen, und ich jagte an der Schranke entlang, rundherum und wieder zurück, und das Publikum applaudierte lautstark. Ich klappte das Visier hoch und grüßte König und Königin, entdeckte neben ihnen das erfreute Gesicht meines Vaters. Sodann schwenkte ich herum und machte mich bereit für den nächsten Durchgang.

»Sir Gawain le Jeune gegen Sir Leontine …«, rief der Herold, und schon ging's wieder los – doch als ich die Lanze schwenkte, spürte ich, daß etwas nicht stimmte. Ich war aus dem Gleichgewicht – der Sattelgurt rutschte, der Sattel drehte sich unter mir, und ich stürzte zu Boden. Das Publikum stöhnte auf, während ich den Schmerz des Sturzes an allen Gliedern spürte. Mühsam wälzte ich mich aus dem Bereich von Trojans Hufen. Ein paar Zuschauer applaudierten meinem Gegner, doch vor allem waren sie enttäuscht von mir. Ich rappelte mich hoch und stand benommen da, während einer der Knappen Trojan einfing – in voller Rüstung rennt es sich nicht so leicht – und ihn mir zurückbrachte, den Sattel in der Hand. Mit schwerem Herzen stapfte ich gedemütigt vom Turnierplatz. Was war geschehen? Ich war mir sicher, daß ich den Gurt ordentlich angezogen hatte. Wie hatte er sich lösen können? Hatte ich die Schnalle nicht gesichert?

Als ich den Helm abnahm, näherte sich mein Vater. »Pech, mein Junge«, sagte er. »Aber wie konnte das geschehen? Hast du vergessen, den Sattelgurt anzuziehen?«

»Bestimmt nicht, Vater«, erwiderte ich, und dann kam mir der Gedanke, jemand könnte sich an der Schnalle zu schaffen gemacht haben – vielleicht hatte er sie ja so präpariert, daß der Gurt nicht gleich durchrutschte, sondern erst nach dem ersten Durchgang –, und während ich darüber nachdachte, erblickte ich über die Köpfe der Stallburschen hinweg das höhnisch grinsende Gesicht Mordreds. Beinahe hätte ich laut seinen Namen gerufen – doch dann sagte ich mir, daß sich dies für einen ehrbaren Ritter, der über keine Beweise verfügte, nicht gehört hätte; ebenso unpassend wäre es gewesen, hätte ich nach Ausflüchten gesucht und gesagt, es sei nicht meine Schuld. Daher hielt ich den Mund. Mein Vater ging kopfschüttelnd davon, und bald darauf erfuhr ich, daß er die Zeremonienmeister bewogen hatte, mir einen weiteren Versuch zuzugestehen. Ich führte Trojan zurück zu den Wartenden und schnallte ihm mit größter Achtsamkeit erneut den Gurt um. Ich besah mir ausgiebig die Gürtelschnalle, konnte jedoch nichts Auffälliges entdekken. (Nur gut, daß wir nicht die wallende Schabracke verwendeten, welche die Pferdebeine verdeckte, sonst hätte sich womöglich etwas verheddert, und Trojan hätte sich die Beine gebrochen.)

Anschließend hätte ich Trojan natürlich keinen Moment aus den Augen lassen sollen – und hätte es auch nicht getan, doch Onkel Gawain rief mich aus der Warteschlange zu sich, und da hieß es gehorchen; daher reichte ich die Zügel einem der Stallburschen und ging zu seinem Zelt hinüber. Er wollte mir bloß sagen, daß ich noch einmal antreten solle, und zwar gegen Sir Dinadan – einen freundlichen, umgänglichen Mann, der mir eine zweite Chance bieten wolle. Überflüssigerweise riet mir mein Onkel auch noch, diesmal sorgfältig den Sattelgurt zu überprüfen. Daher entfernte ich mich sobald wie möglich und eilte zu Trojan zurück.

Der Herold verkündete: »Sir Dinadan gegen Sir Gawain le Jeune«, und ich saß auf und ritt los. In dem Moment, als ich im Sattel saß, spürte ich auch schon, daß etwas nicht stimmte – Trojan bockte, tänzelte unruhig und brach seitlich aus – doch dann, als ich ihn zum Galopp antrieb und mein ganzes Gewicht mitsamt dem der Lanze auf dem Sattel lastete, geriet er außer sich. Er machte einen Satz, bäumte sich auf, warf erst die Vorderbeine hoch und dann die Hinterbeine, wehrte sich und tobte. Er trug mich auf den freien Platz hinaus, fort von der Schranke, an der Sir Dinadan bereits entlangpreschte. Ich klammerte mich verzweifelt fest, wurde umhergeschleudert und wußte kaum, wie mir geschah. Schließlich stellte sich Trojan mit einem Schrei, wie Pferde ihn in der Schlacht ausstoßen, auf die Hinterbeine, fuchtelte mit den Hufen durch die Luft, und als sie wieder auf dem Boden aufsetzten, warf er mich ab. Ich wurde gegen das Geländer geschleudert. Erkennen konnte ich nichts unter dem Helm, doch ich hörte Trojans erneutes Wiehern und das Donnern der Hufe. Dann zerrte mich jemand fort und nahm mir den Helm ab.

Mein Vater und mein Onkel stützten mich, als ich den Turnierplatz verließ – drei Stallburschen mühten sich mit Trojan ab, der wild um sich trat und Schaum vor dem Maul hatte.

»Ich glaube, du solltest jetzt besser Schluß machen«, sagte mein Vater, sehr freundlich und sehr ruhig.

»Das Pferd ist ja bösartig«, meinte mein Onkel. »Wieso hast du den Jungen darauf reiten lassen, Gareth? Man sollte es zum Schlächter geben, bevor es jemanden umbringt.«

»Was, Trojan?« sagte mein Vater. »Trojan ist nicht bösartig. Ich weiß nicht, was in ihn gefahren ist. Ich vertraue ihm – genau wie meinem Sohn.«

Ich fühlte mich zu elend und gedemütigt, um etwas zu sagen. Schweigend ging ich mit ihnen zu den Wartenden zurück, während uns der stampfende Trojan nachgeführt wurde. Ritter sprachen mich an und erklärten, wie sehr ich mich bemüht hätte und wie leid es ihnen täte. Sie waren furchtbar freundlich zu mir.

Und dann näherte sich Mordred mit einem widerlichen Lächeln und sagte: »Ich hoffe, alle sind nett zu dir, Neffe?«

In dem Moment waren mir die Hände gebunden. Ich konnte wirklich nichts tun. Am liebsten hätte ich laut geschrien oder mich auf den Boden geworfen und um mich getreten oder wäre krank geworden oder aus einem Fenster gesprungen …

Mir blieb nur eines zu tun. Ich bat zwei Männer, Trojans Kopf festzuhalten, und nahm ihm behutsam den Sattel ab. Darunter lag eine Buchecker.

Und so kam es, daß ich mich elend und erniedrigt zum Weihnachtsbankett begab, entehrt, verletzt, grollend und tief betrübt. Als frischgebackener Ritter und meines Vaters Sohn hatte man mir einen Platz auf dem Podium bei den engen Freunden des Königs zugewiesen, unmittelbar neben Lanzelot – während ich doch am liebsten fortgeschlichen wäre und mich in einem dunklen Winkel versteckt hätte. Niemand erwähnte das Turnier, und in meinem verletzten Stolz glaubte ich, sie vermieden es aus Freundlichkeit, über meine Demütigung zu sprechen.

Wir gingen früh zum Fest. Die tiefstehende matte Wintersonne stand noch kalt über den verschneiten Feldern und leuchtete rötlich durch die Bleiglasfenster des Palas. Durch die großen Türen gegenüber dem Podium pflegten für gewöhnlich wichtige Gäste, Abgesandte und Herolde einzureiten; nun aber waren sie wegen der Kälte geschlossen.

»Es schadet nichts, daß wir uns alle so früh versammelt haben«, sprach Sir Dinadan mich leise an – er saß zu meiner Rechten, und zu meiner Linken saß Lanzelot, der wiederum rechts neben der Königin saß. »Ich hoffe, Ihr seid nicht zu hungrig, denn die Speisen werden erst in einer Stunde aufgetragen. Ich habe mir vorher ein wenig Brot und Ale zu Gemüte geführt. Unser König«, fuhr er fort, als er meinen fragenden Blick bemerkte, »hält es nämlich immer so bei großen Festen. Der Schmaus kann erst beginnen, wenn er ein Wunder gesehen hat ... als wär's nicht schon Wunder genug, daß wir alle geduldig auf unser Fleisch warten. Daher wissen alle Bescheid, und Sir Kay läßt uns eine geschlagene Stunde, bevor das Fleisch gar ist, Platz nehmen. Irgend etwas passiert immer. Als Merlin noch hier war, hat er immer ein Zauberkunststück oder eines seiner Phantome vorgeführt oder was immer das war – das heißt, wenn sich nicht von selbst etwas Abenteuerliches ergeben hat. Nun, da uns der arme alte Merlin verlassen hat, müssen wir mit dem vorlieb nehmen, was wir haben – ich glaube, draußen warten ein paar Vermummte – es sei denn natürlich, irgend etwas anderes passiert ...«

»Ich bedaure es, Merlin nicht kennengelernt zu haben«, sagte ich. »Weshalb ist er fortgegangen?«

»Ach – der arme Kerl, er ist sehr alt geworden. Sehr alt und sehr schwach. Wir bedauern alle, daß er fort ist. Jetzt ist es ... nicht mehr so sicher wie damals, als er noch da war.«

Stille senkte sich herab – alle blickten schweigend den König an, der wiederum zur Tür sah. Ein paar Pagen kicherten nervös – man hieß sie schweigen.

»Weshalb wird es so dunkel?« flüsterte ich Dinadan zu.

»Das kommt vom Schnee – ja, da geht es los«, antwortete er, als eine Böe gegen die Fensterscheiben peitschte. Und dann hörten wir in der Ferne etwas. Der Wind war es nicht, sondern eine Art Trommeln – ein sich näherendes Pferd, ja, nein – größer, schwerer – da-dum da-dum – immer näher, immer lauter …

Ohne besonderen Anlaß ging ein Schaudern durch den Saal. Die Männer hielten den Atem an, während das Donnern immer näher kam. Alle waren bleich geworden, denn das Trommeln beinhaltete eine wortlose Drohung – die Hunde unten im Saal schmiegten sich an die Füße ihrer Herren. Die beiden kleinen Schleppenträgerinnen der Königin, Jungfern von etwa zwölf Jahren, klammerten sich aneinander und weinten lautlos vor Angst. Artus und Lanzelot rückten dicht an die Königin heran, und ich sah, wie sie die bleichen Hände nach ihnen ausstreckte …

Dann hörte das Trommeln auf, und ein schwaches, dumpfes Stampfen folgte, als näherte sich ein großes Tier mit schwerfälligen, erderschütternden Schritten. Dann wurde an der Tür dreimal polternd geklopft – und die Tür flog auf, während ein kalter Windschwall die Flammen der Fackeln niederdrückte; und im Eingang stand das Wesen, das wir schon von Ferne gehört hatten.

Dieses Wesen war ein Ungeheuer.

Ein besseres Wort dafür gibt es nicht – es hatte menschliche Gestalt, war aber zu groß – erschreckend groß. Es erreichte eine Höhe von acht Fuß, und der zottelige Kopf und die riesigen, ungeschlachten Schultern füllten den Eingang vollständig aus. Den Kopf hatte es gesenkt wie ein angriffsbereiter Bulle, und die Arme schwenkten vor. Die Finger der einen Hand reichten bis unter die Knie, die andere Hand umklammerte eine Waffe. Zunächst hob sich das Wesen lediglich als schwarzer Umriß vom fahl leuchtenden Schnee ab – dann, als das Licht der Feuer und Fackeln darauf fiel, sah ich, daß es grün war, daß ein seltsames grünes Leuchten von ihm ausging, vom wirren Haar und den struppigen Augenbrauen, die wie Büschel wuchernden Grases aussahen. Das Gesichtsfleisch, der Hals, die bloßen Arme und die riesigen derben Hände, alles zeigte ein unnatürliches, reptilienhaftes Grün, desgleichen Kleidung und Rüstung der Gestalt, welche mit Gold und Edelsteinen besetzt war, aber primitiv und alt wirkte, als entstamme sie einer untergegangenen Epoche. Die Augen allerdings waren rot wie auch das speicheltriefende Zahnfleisch, während die Zähne ein schmutziges Gelb zeigten. Dem Gesicht war eine animalische Wildheit zu eigen, wie ich sie weder bei Mensch noch Tier je gesehen hatte. Die Waffe, auf die es sich stützte, war eine Axt.

Ich hatte gehört, daß es noch immer solche Kreaturen gäbe – Überbleibsel längst vergangener Zeiten, kaum mehr menschlich zu nennen und beheimatet am Rande der Welt, in der fernsten Wildnis. Doch nun stand eine mitten unter uns, zwischen den gedeckten Tischen, in Reichweite der festlich gekleideten Damen und der kleinen Pagen, und beleuchtet vom Fackelschein ... wie ein gefährliches wildes Tier, eine angriffsbereite, todbringende Schlange. Wir zählten vierzig Ritter und sechzig Krieger, doch die meisten waren unbewaffnet, und wenn dieses Wesen seine lange

Axt schwang, mochte es zehn Männer niederhauen, bevor die übrigen sich auch nur regten – zudem saßen ganz vorne die Frauen und Kinder …

Niemand rührte sich.

Mit schweren Tritten trat das Ungeheuer vor, und dann erhob es die Stimme – rauh, tief, krächzend, als sei sie lange nicht mehr gebraucht worden.

»König Artus.«

»Ich bin König Artus«, antwortete er mit fester Stimme. »Ich komme in friedlicher Absicht.«

Ein Seufzer der Erleichterung ging durch den Saal, ohne daß wir in unserer Anspannung nachgelassen hätten. Was verstand dieses Wesen unter ›friedlich‹?

»Ich bitte um eine Gunst.«

»Sprich, ich werde … sie gewähren.« Die übliche Formel, doch ein winziges Zögern war in Artus' Stimme.

»Eine Weihnachtsbelustigung!« Das Ungeheuer lachte krächzend. »Nichts weiter als ein Ulk! – Gebt mir einen Mann, mit dem ich mich messen kann. Jeder hat einen Hieb. Nicht mehr. Habt Ihr jemanden, der tapfer genug ist?«

Die Anwesenden sogen scharf den Atem ein. Niemand antwortete.

»Jeder hat einen Hieb«, beharrte das Ungeheuer mit seiner krächzenden Stimme. »Mit meiner Axt. Euer Mann soll ruhig als erster zuschlagen – einen Schlag auf den Hals, und dann bin ich an der Reihe. Na los, gibt es denn hier niemanden …?«

Köpfe wurden verdreht, und allgemeines Kleiderrascheln setzte ein – doch niemand trat vor.

Die Kreatur grinste, verzerrte ihre entsetzlichen Züge und verdrehte die roten Augen. Mit der einen Hand ließ sie die Axt zu Boden sausen, mit der anderen trommelte sie sich auf die Brust.

»Was – niemand? Niemand erbietet sich, die Ehre der Tafelrunde zu retten? Feiglinge und Memmen – ha, ha! Keiner, der es mit mir aufzunehmen wagt! Kein einziger! Alle, alle haben Angst vor mir. O ja, ich könnte die Hand an die hübschen Damen legen. Eure kleinen Pagen hochheben und sie gegen die Wand schleudern und mir Eure reizende Königin greifen – aber das werde ich nicht tun, obwohl ich es könnte. Ich bitte Euch lediglich um einen Mann, der es mit mir aufnimmt, auf einen einzigen Hieb – und Ihr könnt keinen aufbieten!«

Ich sah, wie Lanzelot zu meiner Linken Anstalten machte, sich zu erheben, doch die Königin, deren Hand in seiner ruhte, hielt ihn zurück, während ihre Lippen lautlos das Wort ›Nein‹ formten. Dann erhob sich Artus und löste ihre Hand aus der seinen.

»Ich nehme die Herausforderung an«, donnerte er durch den Saal, »ich selbst werde die Ehre der Tafelrunde verteidigen.«

Ich schaute Guinevere ins Gesicht: und was immer man von ihr sagen mag, so weiß ich doch und werde stets daran festhalten, daß sie, obwohl ihre Liebe Lanzelot galt, auch Artus liebte, voller Reue und Bedauern. Ihre Seelenpein spiegelte sich in ihren Augen wider. Und in diesem Moment faßte ich meinen Entschluß …

Ich erhob mich, stieß unbeholfen den Stuhl zurück und trat an den Rand des Podiums. Dann erhob ich die Stimme.

»Majestät – ich bitte Euch, überlaßt dieses Abenteuer mir.«

Alle schwiegen, während ich sprach. Doch bislang war dies nichts weiter als eine Formel, und ich mußte noch mehr sagen.

»Majestät, ich bin der jüngste anwesende Ritter, der geringste von Euch allen – mehr oder minder nutzlos, oder mehr oder minder entbehrlich. Niemand wird mich hier vermissen – die Tafelrunde wird ohne mich nicht weniger ruhmreich sein – während Ihr, Majestät ...«

Ich stockte, vom Klang meiner Stimme in Verlegenheit gebracht. Artus, der bereits auf dem Boden stand und aus der Hand des Riesen die Axt entgegengenommen hatte, wandte sich zu mir um, und sein Blick hellte sich auf. Er hielt mir die Axt mit beiden Händen waagerecht entgegen.

»Mein braver Ritter«, sagte er laut, »möge das Abenteuer Euer sein und möge Gott Euch glückliches Gelingen gewähren.«

Abermals die Formel, doch es lag noch mehr darin. Ich stieg vom Podium hinunter – ich spürte die Anspannung der Gesellschaft, die mich beobachtete. Artus legte mir die schwere Axt in die Hände, während der Riese am anderen Ende des Saals auf und ab schlurfte, schnüffelnd wie ein Bulle auf der Weide.

»Majestät«, flüsterte ich Artus zu, »soll ich zuschlagen, um zu töten?«

»Gewiß«, antwortete er. »Schlagt einmal zu und macht ein Ende, dann braucht Ihr seinen Hieb nicht zu fürchten.«

»Das werde ich, Majestät«, erwiderte ich mit einem zuversichtlichen Lächeln, obwohl es in meinem Innern ganz anders aussah.

Ich näherte mich dem Ungeheuer, das mich von oben bis unten musterte, als sei ihm nur undeutlich bewußt, daß ein Wechsel stattgefunden hatte. Dann ließ es sich zu meiner Verwunderung auf ein Knie nieder, legte die gefaltenen Hände darauf und neigte den Kopf. Das wirre grüne Haar fiel nach vorn, so daß sein Nacken entblößt wurde – ich konnte die rauhe, gelblich-grüne Haut erkennen, die Poren so groß wie bei einem Schwein, besetzt mit kurzen, borstigen, schwärzlich-grünen Haaren.

Im Umgang mit der Axt war ich nicht sonderlich erfahren, da sie nicht zu den Waffen eines Ritters gehörte, sondern einer früheren Zeit entstammte. Doch ich hatte bereits Holz gehackt und bisweilen auch ein erlegtes Tier zerlegt. Die Schneide jedenfalls war scharf genug für alle möglichen Zwecke. Hier jedoch blieb mir ein einziger Hieb – eine zweite Chance würde ich nicht bekommen. Ich schwang die Axt eine Weile umher, um ein Gefühl dafür zu bekommen, dann sprach ich lautlos ein Gebet, hob sie empor und ließ sie mit kühnem Schwung niedersausen. Ich legte mein ganzes Gewicht in den Schlag und traf gut – ich spürte, wie Knochen und Knorpel durchtrennt wurden ... die Schneide schnitt glatt hindurch, und der Kopf kippte nach vorn und rollte auf den Boden. Er rollte und rollte und rollte – sich um die eigene Achse drehend, rollte er durch den Saal, bis er gegen den gestiefelten Fuß eines Kriegers prallte, der ihn mit einem Fußtritt, einer reflexhaften Abwehrbewegung, wieder mitten in den Saal zurückbeförderte. Angeekelt und fasziniert zugleich bemerkte ich, daß das Blut, das beim Umherrollen herausgetropft war, nicht rot war, sondern grün – dickflüssig und dunkelgrün wie grüne Farbe. Als ich um mich herum erstaunte Ausrufe vernahm, sah ich wieder den Leichnam meines Gegners an.

Der kopflose Rumpf, der eigentlich hätte vornüber auf den Boden kippen sollen, kniete noch immer, während grünes Blut aus dem Hals spritzte. Und dann richtete er sich, so unglaublich es klingen mag, wieder auf, kopflos und eigentlich doch tot. Da stand er nun, schwankend und blutend. Und dann, umhertastend wie ein Blinder, stapfte er Schritt für Schritt zu seinem Kopf und packte ihn mit seiner großen Hand. Das Wesen hielt ihn hoch und schwenkte ihn, damit alle ihn sehen konnten. Es stand unmittelbar vor Guinevere – sie schloß die Augen und sank zurück, worauf sogleich ihre Zofen herbeieilten und sie hinaustrugen.

Eine Stimme tönte aus dem Kopf – oder kam sie aus dem kopflosen Rumpf – wer konnte das sagen?

»Haaa ...«, machte sie, ein gedehntes, freudloses Lachen. »Euer Meister hat seinen Hieb ausgeteilt. Jetzt soll er meinen entgegennehmen ...«

Plötzlich hatte ich das Gefühl, alles Blut sei aus meinem Herzen gewichen. Ich glaube, auch dem tapfersten aller Ritter wäre es nicht anders ergangen.

»Jedoch nicht heute«, sagte diese hohle, unheimliche Stimme, als spräche etwas anderes, etwas Unsichtbares, durch diese leblosen Lippen. »Er soll nach einem Jahr und einem Tag zur Grünen Kapelle kommen, die in der Nähe der Burg Haut-Desert liegt, nordwestlich von hier – und dort soll er nach dem Grünen Ritter rufen. Schreibt dies auf, Ihr Schreiber des Königs. Und daß er dies ja nicht vergißt, sonst wird Eure Tafelrunde auf ewig entehrt sein.«

Die Axt lag noch dort, wo ich sie hatte fallen lassen. Der Riese berührte sie mit dem Fuß.

»Die Axt – soll er – mitbringen«, sagte er mit immer langsamerer Stimme, wie bei einem sich erschöpfenden Uhrwerk, »zum – Zeichen des – Wiedererkennens.«

Und dann – Allmächtiger, man hätte lachen müssen, wäre es nicht so grauenhaft gewesen – rammte er sich den Kopf auf die Schultern und schritt so unversehrt, wie er gekommen war, wieder hinaus, während ihm alle Platz machten. Niemand folgte ihm, um zu sehen, wohin er ging. Die großen Türflügel schwangen hinter ihm zu, und weg war er.

Auf einmal brach ein wahrer Tumult im Saal los – Gelächter und Schaudern und aufgeregte Unterhaltungen. Offenbar mußten wir lachen, um die Angst abzuschütteln, wenngleich einige auch weinten, und nicht bloß Frauen. Artus stieg wieder vom Podium herunter und legte mir die Hand auf die Schulter, und alle sahen mich an. Mein Vater war bleich wie der Tod. Guinevere hatte wieder Platz genommen, noch blasser als sonst, aber gefaßt, und Artus geleitete mich zu ihr. Ich kniete nieder und küßte ihr die Hand, sie aber beugte sich vor und drückte mir die Lippen auf die Stirn. Und ich hörte meinen Vater sagen: »Ach, mein Junge, mein Junge – ich bin stolz auf dich, Gott ist mein Zeuge – aber war das wirklich nötig? Was soll ich jetzt deiner Mutter sagen?«

Da wußte ich, daß alle mich für todgeweiht hielten.

3

Vivian

Die Zeit verstrich, und es ging allmählich auf Weihnachten zu.
Bertilak, mittlerweile mein Gemahl, suchte nach unserer Hochzeitsnacht nie wieder mein Schlafgemach auf. Er war die Ritterlichkeit und Zurückhaltung in Person und erwies mir alle Ehre, die mir als Burgherrin gebührte. Ich saß bei Tisch zu seiner Rechten, er plazierte Tante Morgana zu seiner Linken – das gefiel ihr nicht, das merkte ich wohl! Er achtete darauf, daß man mich ›Madam‹ nannte statt ›Demoiselle‹. Er machte mir auch Geschenke und befleißigte sich im Gespräch mit mir einer wehmütigen Zuvorkommenheit. Kaum jemals berührte er mich, abgesehen von förmlichen Gesten der Höflichkeit; bisweilen aber nahm er mein Gesicht in die Hände und küßte mich sehr ernst auf die Stirn, und dann meinte ich, in seinen Augen unvergossene Tränen wahrzunehmen.

Doch jedesmal, wenn ich die dünne grüne Linie um seinen Hals sah, lief es mir kalt über den Rücken.

Er fürchtete sich noch immer vor Tante Morgana und stand unter ihrer Fuchtel. Einmal bekam ich zufällig mit, wie er zu ihr sagte: »Um Himmels willen, Madam, laßt mich endlich in Frieden – ich bin ein verheirateter Mann …«, worauf sie auf ihre erschreckende Art lachte, die ich nur allzu gut kannte.

Ich bemühte mich währenddessen, möglichst viel zu lernen, ohne mich Tante Morgana und den Mächten, denen sie diente, zu verschreiben. Sie pflegte zu sagen, es gebe Dinge, die sie mir erst dann enthüllen könne, wenn ich das Gelübde abgelegt und mich dem Ritus unterzogen habe – ich aber hielt sie hin und lernte, mich gegen ihre Kräfte zu schützen. Denn es gibt nicht nur eine schwarze Magie, sondern auch eine weiße. Niemals beging ich mit ihr die Opferriten oder rief die gleichen Namen an wie sie; statt dessen lernte ich aus den Büchern die Namen der Engel und Gebete an die hohen Mächte; ich lernte die Namen der Sterne und machte mich über die Zeitalter und Analogien kundig; des weiteren lernte ich alles, was die Kraft des Willens und des Geistes fördert, mit Ausnahme der Anrufung der Dämonen. Und nach einer Weile meisterte ich einige unbedeutendere Fertigkeiten. Wie ich bereits berichtet habe, kam ich durch Zufall dahinter, wie ich mich unsichtbar machen konnte, und diese Gabe lernte ich ein wenig zu nutzen; außerdem wurde ich recht tüchtig in der Kunst der Verwandlung, vorausgesetzt, mir standen ausreichend Zeit und Hilfsmittel wie zum Beispiel Kleidungsstücke zur Verfügung. Ich konnte mich nicht von einem Augenblick auf den anderen in eine Katze oder Eule verwandeln, wie Morgan es verstand; doch wenn ich mich entsprechend verkleidet und mich ausgiebig darauf vorbereitet hatte, gelang es mir, mich so zu verändern, daß ich von Gesicht und Körper her als alte Frau, alter Mann, Bauerntrampel, hurtiger Knabe oder würdevoller Priester durchging. Bisweilen wandelte ich zu Übungszwecken und zu meiner Belustigung in

Verkleidung auf dem Burggelände umher und mischte mich unters Volk. Morgana aber erkannte mich jedesmal. Die meisten Verkleidungen machten mir Spaß – ich war gerne ein großspuriger Krieger oder ein Page oder ein gezierter Schreiber; eine Verkleidung aber mißfiel mir, obwohl sie nützlich und wirkungsvoll war, und zwar die des alten Weibs. Es war mir zuwider, meinen gesunden Körper zu entstellen und ihn verschrumpelt oder schwach zu machen, mit anzusehen, wie mein Gesicht seine Farbe verlor und faltig wurde, wie meine Zähne scheinbar verschwanden; zu spüren, wie meine Glieder steif und schwer wurden und mein Augenlicht nachließ. Auf erschreckende Weise schien mir damit vorweggenommen, was das Alter mir irgendwann antun würde.

Das Weihnachtsfest rückte immer näher, und zu Weihnachten sollte etwas Bedeutsames geschehen. Die Vorbereitungen waren ohne Beispiel. Während es bereits auf Dezember zuging, beobachtete ich voller Verwunderung, wie ein Raum nach dem anderen mit prächtigen Wandbehängen geschmückt wurde. Neue Tische wurden mit Teppichen aus dem Morgenland bedeckt, geschnitzte Stühle mit Kissen und Anrichten mit silbernen Gefäßen ausgestattet, und es wurden Wandschirme aus damasziertem Metall aufgestellt – eine solche Pracht hatte ich noch nie gesehen. Natürlich argwöhnte ich, dies alles seien bloße Trugbilder, und ging umher und betastete Kissen und Wandbehänge, nahm vorsichtig auf Stühlen Platz, um zu prüfen, ob sie wirklich seien. Zumeist waren sie es – es sei denn, Morgana war in der Stimmung, mir einen Streich zu spielen, so daß der Stuhl verschwand, kaum daß ich darauf Platz genommen hatte ... Doch es sah ganz danach aus, als sei dies alles zum Gebrauch bestimmt und solle von Dauer sein. Die Burgleute wunderten sie natürlich, sie alle waren jedoch mittlerweile schlau genug, keine Fragen zu stellen. Auch die seltsamen Wesen, die zu meiner Hochzeitsnacht erschienen waren, tauchten wieder auf und mischten sich unter die Bewaffneten, Zofen und Pagen. Manchmal waren sie da, manchmal nicht.

Der Dezember begann wild, kalt und rauh; und unmittelbar vor Weihnachten schneite es eine Woche lang, und der Wind heulte. Die vielen prächtigen neuen Möbel konnten gegen die Kälte nichts ausrichten, zumal bei Nacht. An diesen langen Abenden saßen wir im Frauengemach am Kamin, die Pelzumhänge zum Schutz vor dem eiskalten Luftzug in den Rücken gestopft, und hatten wenig mehr zu tun, als uns zu unterhalten und uns die immergleichen alten Geschichten anzuhören. Morgana aber starrte bloß ins Feuer, als hielte sie Zwiesprache mit irgendwelchen Geistern und warte auf das Erscheinen eines solchen. Häufig bemühte ich mich, das gleiche zu sehen wie sie, doch kein Bild nahm vor meinen Augen Gestalt an.

Und dann eines Abends kurz vor Weihnachten, als wir so dasaßen, bemerkte ich, daß Morgana lauschend den Kopf hob. In der Ferne heulte ein Jagdhund, und ein zweiter stimmte auf dem Hof in sein Geheul ein. Dann vernahm man durch den kalten Wind hindurch aus weiter, weiter Ferne ein Horn. Bei diesem Klang machte mein Herz einen Satz.

Morgana erhob sich und sprach am Türvorhang leise und entschieden mit den Bediensteten; und ich lauschte in meinem Winkel. Etwa eine halbe Stunde verstrich, dann vernahmen wir Hufgetrappel und das laute Scheppern der Rüstung des Reiters, der immer näher kam. Schwer und langsam war der Schritt des Pferdes, als ob es lahmte. Abermals ertönte das Horn, und ich schreckte zusammen, als von den Zinnen über uns eine Trompete Antwort gab. Dann läutete die Burgglocke.

»Er ist da«, sagte Morgana.

»Wer ist da?« fragte ich mit matter Stimme.

»Sieh selbst.«

Ich rannte die Wendeltreppe hinunter und rauschte in meinem langen, steifen Gewand durch den Palas. Die Bewaffneten hatten sich an der Tür versammelt. Der Fremde, das konnte ich erkennen, hatte bereits den Graben überquert, das Wachhaus passiert und war auf Morgans Anweisung hin in den Hof eingelassen worden, und nun stand er vor dem Palas. Der Seneschall wies einen Mann an, die Tür zu entriegeln. Als die Tür aufschwang, wurden die Flammen der Fackeln niedergedrückt, und ein Mann in voller Rüstung ließ sich so unbeholfen vom Pferd hinunter, daß man meinte, er könne bestimmt nicht mehr stehen. Es hatte den Anschein, als wehte ihn ein eisiger Windstoß in den Palas. Einen Moment lang hielt er sich schwankend am Türpfosten fest, während Schnee an ihm vorbeiwehte – dann erholte er sich ein wenig, tat einen Schritt in den Palas hinein, und als ich die Hand ausstreckte, ihn willkommen zu heißen, stolperte er und stürzte mir vor die Füße. Der Seneschall nahm ihm den Helm ab, und mich blickte das Gesicht an, das ich bei meiner Hochzeit gesehen hatte – das Gesicht, das mir bei meiner Ankunft in der Burg erschienen war. Das Gesicht meines zukünftigen Liebsten.

Seine undeutlich gemurmelten Begrüßungsworte und Entschuldigungen verstand ich kaum. Dicht hinter mir stand Bertilak und rief: »Allmächtiger, der Mann ist ja halb erfroren! Bring ihn her, Walbert – kümmere dich um ihn, wärst du so nett? Wein – nein, ans Feuer – nein, am besten bringt ihr ihn ins Bett – macht schon, Leute …« Und es herrschte große Geschäftigkeit und Besorgnis um den Neuankömmling. Die Männer trugen ihn fort, und ich blickte mich zu Morgana um, die sehr gefaßt und lächelnd am anderen Ende des Saales stand und sagte: »Wir speisen in einer Stunde.«

Mit einemmal verbreitete all die befremdliche Pracht, die dem kargen Gerippe der Burg aufgesetzt worden war, einen üppigen Glanz. Die Steinwände und Böden waren bereits mit Vorhängen und Teppichen bedeckt, nun wurden Stocklaternen entzündet und verbreiteten ein mildes weißes Licht, und Kohlenpfannen verströmten angenehme Düfte. Und die speziellen, stets unaufdringlichen Bediensteten bevölkerten Winkel und Alkoven. Es war, als befände man sich an einem Königshof – allerdings an einem Königshof in einem weit entfernten, unbekannten Land.

Der fremde Gast nahm ausgeruht, gewärmt und mit einem stattlichen, pelzgesäumten Umhang bekleidet seinen Platz im Palas ein, und ich, angetan mit einem neuen pflaumenblauen Satingewand, trat vor, um ihn zu begrüßen. Als ich mich jedoch zu Morgana umsah, die mir nachfolgte, stockte mir der Atem. Ihre kühne, dunkle Schönheit war vollständig verdeckt. Nicht nur, daß sie wie eine alte Witwe in strenges Schwarz-Weiß gekleidet war, ihr Gesicht war auch voller Falten, ihre Lider in den von struppigen grauen Brauen überwölbten farblosen Augenhöhlen waren wie Papier, ihr Hals schlaff, gestützt allein vom strengen weißen Brusttuch. Ein schweres goldenes Schmuckstück klirrte auf ihrer Brust, und an Handgelenken und Fingern trug sie eine Unmenge von Armreifen und Ringen. Sie war die perfekte, ehrbare Anstandsdame und die ideale Ergänzung für das

Bild, das ich bot, als ich vor dem dunkelhaarigen Ritter mit der bleichen Stirn einen Hofknicks vollführte und spürte, wie er meinen Blick suchte.

Das Mahl war hervorragend, das ließ sich nicht leugnen; und Sir Bertilak, der neben dem Fremden saß, nötigte ihn zuzulangen und prostete ihm auf seine herzliche, geräuschvolle Art aufmunternd zu. Da ich ein Stück weit neben ihm saß, konnte ich dem Fremden nicht ins Gesicht sehen, und ich hatte auch nicht den Eindruck, daß er mir besondere Aufmerksamkeit schenkte, abgesehen natürlich von dem merkwürdig intensiven Blick, als er mir am Eingang vor die Füße gefallen war. Doch da hatte er vielleicht geträumt, und jetzt war er wach und hatte alles vergessen.

Es war Sitte, einen Fremden erst dann nach seinem Namen und Anliegen zu fragen, wenn er gegessen und getrunken hatte. Als nun das Mahl beendet war, füllte Bertilak unter ausgiebigem Geräusper, ganz so, als bemühe er sich, dem Anlaß auch ja gerecht zu werden, sein Glas und sprach die üblichen Worte: »Und nun, fremder Ritter, nennt uns Euren Namen und Euer Begehr, wenn es Euch recht ist.«

Und der Fremde erhob sich und antwortete nicht minder formelhaft: »Euch sei gedankt, lieber Gastgeber, für den freundlichen Empfang. Ich bin Gawain der Jüngere von König Artus' Hof und suche nach dem Grünen Ritter, mit dem ich mich bei der Grünen Kapelle in der Nähe der Burg Haut-Desert am Tag nach Weihnachten treffen muß.«

Es herrschte Schweigen, und viele im Saal hielten den Atem an. Einen Moment lang flackerten die Lichter – und ich blickte schaudernd Sir Bertilak an.

Der aber war ganz der Alte, freundlich, rotgesichtig und jovial, und der grüne Ring um seinen Hals war nicht zu sehen. Vielmehr strahlte er vor Herzlichkeit und vom Wein und durchbrach mit den folgenden Worten die Fessel der Förmlichkeit.

»Die Burg Haut-Desert? Das ist sie, mein lieber Freund, das ist sie. Und was die Grüne Kapelle angeht – die kenne ich gut. Bis dorthin sind es nur ein paar Meilen. Ihr seid am Ziel Eurer Reise angelangt. Ihr braucht nichts mehr zu tun. Bleibt einfach ein paar Tage hier; jetzt sind es noch – welchen Tag haben wir heute? – noch drei Tage, dann ist es soweit. Noch morgen, dann Heiligabend, schließlich der Weihnachtstag, und dann der Tag des Heiligen Stephan. Stephanus, der Märtyrer.«

Morgana, die Zuvorkommenheit in Person, wandte sich an den Fremden und sagte: »Lieber Sir Gawain, wenn dies Euer Name ist, begleitet mich ins Frauengemach und berichtet uns dort mehr über Eure spannenden Abenteuer.« Mit raschelnden Röcken wirbelte sie herum und schritt als erste die Wendeltreppe empor. Als ich ihr folgte, ließ mir Sir Gawain den Vortritt und reichte mir zuvorkommend die Hand. Sein Blick traf auf meinen, und einen kurzen Moment lang berührten sich unsere Hände – und da geschah etwas zwischen uns – die Seelenverwandtschaft zweier einsamer Menschen? Sehr viel mehr, doch gegenwärtig habe ich keine Worte dafür. Und dann war es auch schon wieder vorbei, und er war wieder ein zurückhaltender, reservierter und zuvorkommender Fremder; ich aber blieb angespannt und ahnte zukünftigen Schrecken und Grausamkeit.

Das Frauengemach wurde vom großen Feuer im Kamin gewärmt, und die bunten Wandbehänge umgaben uns an dem vergoldeten Tisch mit den Flaschen und Trinkbechern und den vier Stühlen.

Bertilak wandte sich, noch immer herzhaft lachend, an den Ritter. Die altertümliche, rituelle Redeweise hatte er bereits vollständig abgelegt.

»Und jetzt, mein Lieber, wollen wir miteinander fröhlich sein und Euch freundlich in unserer Mitte aufnehmen. Wegen des Grünen Ritters braucht Ihr Euch keine Sorgen zu machen. Ich habe keinen Zweifel, daß Ihr aus einem Zweikampf als Sieger hervorgehen werdet.« Er machte es sich in dem großen Sessel vor dem Kamin bequem.

Gawain aber, der aufrecht und angespannt auf einem geradlehnigen Stuhl saß, erwiderte mit sorgenvoll gefurchter Stirn: »Das trifft es nicht ganz, Sir. Von einem Zweikampf kann man eigentlich nicht sprechen. Ich muß mich ... ihm ausliefern.«

So etwas hatte ich befürchtet.

»Euch ausliefern?« meldete Morgana sich mit leise säuselnder Stimme zu Wort. »Mein Gott, wie kann das sein?«

»Der Grüne Ritter«, sagte Gawain ernst und mit bleicher Miene, »ist kein Mensch aus Fleisch und Blut, sondern ein Ungeheuer. Letzte Weihnachten erschien er an König Artus' Hof und forderte uns alle auf, uns mit ihm zu messen, wobei jeder nur einen Hieb haben sollte. Um ... um der Ehre der Tafelrunde willen nahm ich die Herausforderung an. Daraufhin schlug ich ihm mit einem Hieb den Kopf ab, doch ... doch er war nicht tot.«

Er verstummte; die anderen beobachteten ihn schweigend, und ich beobachtete sie.

»Er ... er lebte noch und forderte mich auf, mich nach einem Jahr und einem Tag mit ihm zu treffen und wehrlos einen Hieb von ihm entgegenzunehmen. Und deshalb ... bin ich hier. Und wenn ich ihm begegne ... wird mir nichts anderes übrigbleiben, als mein Versprechen einzuhalten.«

Abermals herrschte Stille – bis Bertilak das Schweigen brach und sich mit den Händen auf die Schenkel klatschte.

»Also, das ist ja eine Geschichte wie aus alten Zeiten!« dröhnte er. »Es wärmt mir das Herz, einem so jungen und tapferen Ritter zu begegnen. Dann wollt Ihr Euch also am Stephanstag mit diesem Scheusal treffen? Schön, schön. Ach, macht nicht so ein betrübtes Gesicht, Mann. Was sein muß, muß sein, und bis dahin kann noch viel passieren. Trinkt noch einen Becher Wein.«

»Ihr könnt Weihnachten bei uns verleben, und anschließend wünschen wir Euch alles Gute«, sagte Morgana lächelnd.

Ich war entsetzt. Sie wußten doch Bescheid, wie konnten sie da lachen und ihn anspornen? Ich hatte zwar gewußt, daß er sich mit Bertilaks zweitem Ich, dem Grünen Ritter, würde treffen müssen – doch die Art des Zusammentreffens hätte ich mir niemals träumen lassen: daß er, der Sterbliche, seinen schutzlosen Nacken vor einer Erscheinung des Bösen aus einer anderen Welt beugen sollte, ohne die Hand zu seiner Verteidigung heben zu dürfen …

»Ihr müßt Euch erst mal gut ausruhen«, fuhr Bertilak fort. »Ich reite morgen in aller Frühe los, um fürs Fest zu jagen, aber daran braucht Ihr Euch nicht zu stören. Bleibt nur solange im Bett, wie Ihr mögt – nach dem weiten Ritt wird Euch das gut tun. Einer der Bediensteten wird Euch das Frühstück bringen. Versprecht Ihr mir, Euch ausgiebig auszuruhen? So könnt Ihr drei Tage lang verfahren, und anschließend seid Ihr gerüstet für alles, was da kommen mag …«

Das Geplapper und das Geschrei dauerten an, und bald darauf wurden zwei Jongleure hereingerufen, damit sie uns ein wenig zerstreuten. Mir aber war schwer ums Herz, und ich bekam kaum etwas mit, bis wir uns gute Nacht sagten und zwei stattliche Burschen (die allerdings nicht unbedingt von dieser Welt waren) den Ritter zu seiner Kammer geleiteten.

Als ich in mein Turmzimmer ging, stieg Morgana gerade zu dem ihren hoch. Ich packte sie am Ärmel und hielt sie zurück.

»Tante«, rief ich, »was in Gottes Namen tut Ihr da? Wozu zwingt Ihr Bertilak? Wollt Ihr diesen Mann ermorden?«

Sie hielt mich auf Armeslänge von sich und schaute spöttisch drein unter den trügerischen Falten.

»Ach, dann sind wir also interessiert? Das habe ich mir gedacht. Meine arme, dumme Nichte, du weißt nur wenig von der Magie und ihrer Wirkungsweise. Wohl wahr, dein hübscher Kavalier ist in großer Gefahr – du hast einiges herausgefunden, jedoch nicht alles, verstehst du! Jedenfalls kann er gerettet werden, und es liegt an dir, ihn zu retten.«

»An mir? Ich soll ihn retten? Ach, ich würde alles für ihn tun. Gott ist mein Zeuge – wenn ich ihn nur retten kann – Ihr müßt mir bloß sagen, wie ich es anstellen soll.«

»Komm morgen früh zu mir«, sagte Morgana und entzog mir kühl ihren Ärmel. »Dann sage ich dir, was du tun sollst. Und jetzt leg dich ins Bett und schlaf gut.«

Sie küßte mich auf die Stirn, und ich erschauerte von Kopf bis Fuß. Dann stieg die sie Treppe hoch und ließ mich stehen – gut schlafen würde ich bestimmt nicht.

Der Wintermorgen brach spät an – ich hatte in den langen, dunklen Stunden kaum Schlaf gefunden. Als es endlich dämmerte, kleidete ich mich an und schlich zu Morganas Kammer hoch.

Sie war bereits auf und wandelte in ihrem pelzbesetzten Nachtgewand umher. Von der Verkleidung war nichts mehr zu merken, und ihr Gesicht war so unverschämt schön wie eh und je, trotz der frühen Stunde. Sie reichte mir ein Silbertablett mit einem Krug Ale und einem Weißbrötchen.

»Hier«, sagte sie. »Du wirst mit ihm in seiner Kammer frühstücken. Und dann mußt du ihn in Versuchung führen.«

Mir war, als habe sie mir einen Schlag gegen die Brust versetzt.

»Ich begreife nicht«, sagte ich fassungslos. Auf einmal funkelte sie mich wütend an.

»Ach, zum Teufel! Ich wußte doch, daß man in Klöstern Närrinnen großzieht, aber solche Närrinnen! ›Ich begreife nicht!‹ – Dann will ich es dir in einfachen Worten sagen – du sollst ihm deinen Körper anbieten, damit er dich mit in sein Bett nimmt. Habe ich mich klar genug ausgedrückt?«

Ich stellte das Tablett ab, sonst hätte ich es fallen gelassen.

»Aber warum – warum soll ich das tun?« Ich wußte, ich klang töricht, doch ich war fassungslos.

»Meine liebe, dumme Nichte«, sagte sie, plötzlich wieder ganz ruhig, »hast du mir nicht gestern abend gesagt, du wolltest diesen Mann aus der Gefahr retten, in der er schwebt? Ich weiß doch, du liebst ihn – das war dir deutlich anzusehen. Also, willst du ihn nun retten oder nicht?«

»Ach«, sagte ich, um Atem ringend, »doch – schon – ich würde alles tun, um ihn zu retten – alles, was Ihr verlangt – aber warum gerade dies?«

Sie wandte sich von mir ab und blickte ins Feuer, das unter dem Rauchfang brannte. »Dabei geht es um Magie, mein Kind, und von der Magie und allem, was damit zu tun hat, hast du nicht die leiseste Ahnung. Du weißt bloß, daß er von einem Gegner aus der Älteren Welt bedroht wird, und darin hast du recht. Aber hör zu: Gawain wird bedroht durch die Einwirkung des Planeten Mars, unter dessen Einfluß er steht. Du mußt ihn aus dem Einflußbereich des Mars in den der Venus bringen. Wenn dir dies gelingt, wird Venus ihn beschützen, und er ist gerettet. Ansonsten wird Mars sein Leben fordern.«

Als sie mir dies sagte, klang es ganz vernünftig. Woher sollte ich auch wissen, daß alles Unfug war? Dies sollte ich erst später herausfinden, als es bereits zu spät war. Ich hätte wissen müssen, daß Morgana mich belog; aber wer sonst sollte mich in der Dunkelheit, in der ich wandelte, leiten?

Sie drehte sich um und reichte mir erneut das Tablett; ich aber streckte die Hände nicht aus.

»Nein – das kann ich nicht«, sagte ich. »Ich bringe es nicht über mich.«

»Ha!« Sie stieß ein bitteres, häßliches Lachen aus. »Also, du bist mir eine schöne Liebende! Jungfräuliche Sprödigkeit, das ist es. Die Klostererziehung, ich weiß. O ja, du glaubst, du liebst ihn, du hast es selbst gesagt, aber du willst nichts tun, um ihn vor dem Tod zu retten, um seinem Hals die Axt zu ersparen. Lieber willst du mit ansehen, wie sein Blut fließt, sein Hirn verspritzt wird, anstatt deinen reinen Leib aufs Spiel zu setzen – oder geht es dir etwa um deine Seele?«

Ich konnte nicht antworten, die Tränen strömten mir über die Wangen.

»Was hat du schon von deiner kostbaren Jungfräulichkeit, wenn er erst einmal als blutender Leichnam vor dir liegt ...«

»Ach, Gott steht mir bei!« rief ich. »Dann ist es also wahr – dann muß ich ihn wirklich dazu bringen, mich zu begehren, wenn ich sein Leben retten will? Wollt Ihr das beschwören? Durch Euren Eid bekräftigen?«

Sie entspannte sich ein wenig, ihre Stirn glättete sich.

»Meine Liebe, deine Heiligen sind nicht die meinen. Wenn ich im Namen dessen, was dir heilig ist, schwören würde, dann fehlte es mir am rechten Glauben, und du würdest an meinen Worten zweifeln; und wenn ich bei meinen eigenen Heiligen schwören würde, wäre es für dich bedeutungslos. Also laß uns aufs Schwören verzichten. Aber ich versichere dir, daß ich die Wahrheit gesagt habe. Komm her« – als sie sah, wie schwach ich war, besann sie sich plötzlich –, »armes Kind, du zitterst ja vor Kälte. Du hast dein Fasten noch immer nicht beendet. Komm, setz dich und labe dich an meinem Morgentrank.«

Sie hatte heiße Milch mit Honig und Gewürzen, die in einem Rechaud warmgehalten wurde; und es stimmte, ich fror, fühlte mich elend und war sehr durstig nach der langen, schlaflosen Nacht. Ich nahm den Becher und trank gierig – ohne jeden Gedanken an ihre geheimen Zaubertränke. Doch sobald ich getrunken hatte, änderte ich meine Meinung und ich hatte keine Skrupel oder Zweifel mehr. Plötzlich sah ich alles anders; es lief unweigerlich auf einen Punkt hinaus, und eine andere Möglichkeit gab es nicht.

Ich erhob mich und nahm das Tablett.

»Ich werde es tun«, sagte ich.

»Braves Mädchen!« Und sie hielt mir den Vorhang auf, damit ich hinausgehen konnte.

Und dann rief sie mir noch etwas nach.

»Vergiß nicht, er darf dich nicht verschmähen, sonst verstößt er gegen das Gebot der Ritterlichkeit.«

Ich ging die Wendeltreppe hinunter, durchquerte den leeren, noch dunklen Palas und stieg in den gegenüberliegenden Turm hinauf, wo unser Gast ruhte. Morganas Zaubertrank übte eine ausreichend starke Wirkung auf mich aus, und ich hatte alle Ängste und Skrupel vergessen, als wäre ich nicht mehr ich selbst. Die schwere Eichentür der Kammer war unverschlossen; ich hob leise den Riegel, trat ins Zimmer und schloß hinter mir die Tür. Die Kammer war klein, wie die meisten solcher Räume. Das von dicken Vorhängen verhüllte Bett nahm den größten Platz ein, und alle Vorhänge waren zugezogen. Durch ein kleines Bleiglasfenster in der Nähe der Tür fiel jedoch ein wenig Licht, und darunter stand eine kleine Truhe. Darauf stellte ich das Tablett ab und zog den Vorhang entschlossen auf.

Er lag auf dem Bett, ganz entspannt schlafend, den Kopf zurückgeworfen, so daß das rote und violette Licht des Fensters auf sein Gesicht und seinen Hals fiel. Er schlief wie ein Kind, und als ich ihn so betrachtete, versetzte es mir einen Stich. So wunderschön, so ahnungslos, so stark und so hilflos. Der Zaubertrank hatte mir Mut gemacht, wohl wahr – doch in diesem Moment ergriff etwas ganz anderes als Morganas Magie Besitz von mir und veranlaßte mich, mich über das Bett zu beugen, ihm die Arme um den Hals zu legen und meine Lippen auf die seinen zu drücken.

Er erwachte und blickte mir voll unaussprechlicher Wonne und Seligkeit in die Augen. Dieser wundervolle Moment währte indes kaum einen Herzschlag lang, dann setzte die Erinnerung ein, ein Ausdruck des Entsetzens löschte das Lächeln aus, und er stieß mich weg, zog das Laken hoch bis zum Hals und rief: »Wer seid Ihr? – Was wollt Ihr? – Fort mit Euch!«

Dann, als ich zurückwich, erinnerte er sich besser, Verwirrung breitete sich zusammen mit einer tiefen Röte über seine Züge, und er stammelte: »Oh, es tut mir leid – oh, meine Dame, ich bedaure zutiefst – verzeiht meine Worte – ich – ich war so überrascht – ich war unhöflich ...«

Ich selbst war ebenfalls betroffen. Mir fiel wieder ein, daß meine Tante gesagt hatte, er dürfe mich nicht abweisen, weil dies gegen das Gebot der Ritterlichkeit verstoßen hätte.

»Ach, nein, nein!« rief ich. »Beunruhigt Euch nicht. Ich war zu stürmisch. Seht nur, ich bringe Euch das Frühstück ...«

»Diese Freundlichkeit habe ich nicht verdient, Lady. Ihr hättet einen Bediensteten schicken sollen.«

»Und außerdem – habe ich Euch noch etwas mitgebracht ...«

»Ja?«

Ich wußte nicht weiter, und wie eine Närrin platzte ich heraus: »Ich liebe Euch!«

Er zuckte zusammen und sog scharf den Atem ein. Jetzt hatte ich es gesagt, und wildentschlossen fuhr ich fort: »Und ich bin gekommen, um mich – Euch ganz hinzugeben ...«

Abermals atmete er tief durch und runzelte die Stirn, und seine Hände auf der Decke verkrampften sich. Doch er schwieg. Ich fuhr fort.

»Dann wollt Ihr das Frühstück, das ich Euch mitgebracht habe – also verschmähen?« Ich hatte derlei doppelzüngiges

Geschwätz schon mit angehört, verstand mich aber nicht sonderlich gut darauf; und indem er es wörtlich nahm, half er mir auch nicht weiter.

»Lady, ich werde das Brot und das Ale mit Freunde verspeisen – es war sehr freundlich von Euch, mir aufzuwarten. Aber – erwartet nicht mehr von mir.« Er blickte unverwandt vor sich hin, und es fiel mir schwer, in seiner Miene zu lesen.

»Nein?«

»Nein. Ihr – Ihr erweist mir eine große Ehre, verehrte Dame, aber ich bin kein geeigneter Geliebter für Euch. Verzeiht mir, aber Ihr habt jemand besseren verdient. Wenn Ihr mögt, will ich Euer treuer Diener sein und Euch anbeten – wärt Ihr damit zufrieden? – Nein, ich glaube nicht.«

»Schickt mich wenigstens nicht fort«, flüsterte ich.

»Wie könnte ich das tun? Das wäre unverzeihlich. Ich wohne unter Eurem Dach. Aber, Lady, Ihr solltet nicht hier sein. Euer Gemahl ...«

»Er ist zur Jagd ausgeritten, das wißt Ihr doch.«

»Eure Tante ...«

Ich verkniff mir ein bitteres Lachen.

»Die Bediensteten ...«

»Die sind bestimmt noch nicht auf.«

»Ach, ich sehe, Ihr habt für alle Fälle Vorsorge getroffen ...« Und er legte die Stirn in Falten.

»Nein, nein!« rief ich heftig. »Ich habe bloß die Gelegenheit ergriffen – weil ich Euch liebe ...«

Er schüttelte den Kopf und setzte die Miene eines Erwachsenen auf, der ein Kind ermahnt.

»Meine liebe Lady, es kann nicht sein, Ihr wißt, daß ich unter einem Fluch stehe. Ich kann niemandes Geliebter sein. Verschenkt nicht Euer Herz an jemanden, der nur noch drei Tage zu leben hat. Statt dessen solltet Ihr lieber für mich beten.«

Mit einemmal kam mir wieder zu Bewußtsein, daß diese verzweifelte List allein dazu dienen sollte, ihn vor seinem Schicksal zu bewahren, und ich brach in Tränen aus, barg das Gesicht in den Händen.

Sogleich zeigte er sich sehr besorgt.

»Ach, Lady, verehrte Lady, Ihr dürfte nicht weinen. Was bin ich bloß für ein Tölpel – wie konnte ich Euch verletzen? Bitte, verzeiht mir ...«

Ich hob das Gesicht.

»Dann haßt Ihr mich wenigstens nicht?«

»Ich Euch hassen? Großer Gott, nein. Aber, meine Liebe, ich kann nicht tun, was Ihr von mir verlangt. Ihr müßt das verstehen und mich alleinlassen.«

Mir blieb nichts anderes übrig.

Auf dem Treppenabsatz vor meinem Zimmer begegnete ich Morgana. Sie musterte mich kurz.

»Wie ich sehe, hast du versagt.«

»Ja, ich habe – versagt.«

»So!« brach es aus ihr heraus. »Du Dummkopf – du unentschlossenes, geziertes, saft- und kraftloses Persönchen – du Halbnonne, du! Versagt, wo es um ein Menschenleben geht! Ich liebe ihn, sagt sie – ich würde alles tun, um ihn zu retten, sagt sie – und wenn's darauf ankommt, läßt sie den Geliebten im Stich, anstatt sein kostbares Leben zu retten!« Sie mußte Atem schöpfen, und ich warf ein: »Er wollte nicht. Er hat mich verschmäht. Was sollte ich denn tun?«

»Was du tun solltest? Mußtest du dich unbedingt mit einem Nein abspeisen lassen? Du willst eine Tochter Evas sein? Nein, so geht das nicht. Dir bleiben noch zwei Tage, und morgen mußt du es erneut versuchen.«

»Dann müßt Ihr mir aber auch wieder den Zaubertrank geben«, sagte ich, »sonst bringe ich niemals den Mut auf ...«

»Was war das? O ja, darauf kannst du dich verlassen!« Und sie ging lachend fort.

Ich aber schlich in mein Zimmer und blieb den ganzen Tag dort. Ich nahm nicht am Mittagsmahl teil, lauschte aber auf der Treppe und hörte, wie Bertilak von der Jagd heimkam, so lärmend und vergnügt wie eh und je. Er warf eine schwere Last ab – ich hörte, wie die Geweihe auf dem Steinboden klickten.

»Hirsche – eine prachtvolle Beute. Wir können sie gut für den Speiseplan gebrauchen. O ja, wir hatten eine Menge Spaß. Man muß sie überraschen, versteht Ihr, denn so ein Hirsch ist ein schreckhaftes Tier. Wenn man sich nicht anschleicht und ihn übertöpelt, rennt er weg, und man holt ihn nicht mehr ein. Morgen jagen wir Wildschweine. Das Wildschwein muß man frontal angehen und Aug in Aug erlegen ...«

»Ich würde gern mitkommen«, hörte ich Gawain zu meiner Erleichterung sagen, denn dann wäre ich von der gefürchteten Pflicht befreit.

»Nein, nein – Ihr müßt Kräfte sammeln. Ihr bleibt hier und ruht Euch morgen und übermorgen aus. Vor Euch liegt eine schwere Aufgabe. Nein, Ihr bleibt hier und ruht Euch aus, solange Ihr könnt.«

Und so stand ich am nächsten Morgen wieder mit einem Teller Brot und einem Becher Ale vor seiner Tür. Wie am Vortag schlüpfte ich leise hinein, doch er war bereits wach, und ich glaube, er hatte mich erwartet, denn er sah mir entgegen.

»Darf ich eintreten?« fragte ich schüchtern. »Ich bringe Euch wieder das Frühstück.«

»Gewiß doch, tretet ein. Das ist sehr freundlich von Euch.« Er setzte sich auf und nahm mir das Tablett ab.

»Dann sind wir also Freunde?« sagte ich aufs Geratewohl.

»Aber natürlich sind wir Freunde ...« Und er lächelte, so daß ich mich ermutigt fühlte, auf der Bettkante Platz zu nehmen.

»Dann laßt uns wie Freunde miteinander reden«, sagte ich. »Unterhaltet Euch mit mir, während Ihr eßt.«

»Wollt Ihr denn nichts essen?«

Mit beinahe feierlicher Geste reichte er mir die Hälfte des Brötchens und dann den Becher mit Ale.

»Erzählt mir alles über Euch«, sagte ich, »über Euer Zuhause, Eure Familie.«

Sich für das Thema allmählich erwärmend, hob er zu erzählen an; von seinem Vater, Gareth Beaumains, von seiner Mutter, der stolzen und schönen Lady Leonie von Lyonesse; und von seiner Tante Lynett, der beherzten Lady, die durchs Land eilte, um König Artus' Botschaften zuzustellen; und von seinen drei Onkeln, den Brüdern von Orkney, deren bedeutendster der andere Gawain war, den er Gawain den Großen nannte, während er sich bloß als Gawain den Kleinen bezeichnete. Doch das wollte ich nicht dulden und wandte ein, er sei ein ebenso guter Ritter wie alle anderen. Sodann erzählte er mir, wie er von König Artus zum Ritter geschlagen worden war, von seinen Prüfungen und Demütigungen und daß er aus schierer Verzweiflung und Mutlosigkeit die Herausforderung durch den Grünen Ritter angenommen habe; und daß er sich das vergangene Jahr über mit großer Disziplin auf die bevorstehende schwere Prüfung vorbereitet habe. Ich aber bemühte mich, ihn abzulenken und fragte ihn, was er von den Damen und Jungfern und den Frauen im allgemeinen halte. Er antwortete, man habe ihn gelehrt, alle Damen zu verehren, ihnen mit Hochachtung zu begegnen und ihnen allen zu dienen, besonders aber der wunderschönen Guinevere, der Königin.

Und währenddessen saß ich auf dem seidenen Laken, zwischen uns das Silbertablett.

»Aber Ihr habt noch nie eine Dame geliebt?« fragte ich.

»Nein, noch nie«, antwortete er.

»Ja dann«, sagte ich und beugte mich zu ihm hinüber, »dann ...«

»Nein!« rief er heftig, und das Tablett kippte mit allem, was darauf war, klirrend auf den Boden. »Nein, sprecht nicht schon wieder davon. Ich höre Euch nicht zu, bestimmt nicht ...« Und er funkelte mich so entsetzt und haßerfüllt an, daß ich vor Schreck die Luft anhielt und wie ein Kind in Tränen ausbrach. Das alles war zuviel für mich, und ich schluchzte hemmungslos.

Plötzlich spürte ich zu meiner Verblüffung seine Hände auf meinen Schultern.

»Ach, Lady, es tut mir leid – jetzt habe ich Euch schon zum zweitenmal zum Weinen gebracht – ach, ich bin ein unbeholfener Tölpel ...«

»Nennt mich nicht Lady«, schluchzte ich und schlug ihm die Hände von meinen Schultern. »Sprecht mich mit meinem Namen an, und der lautet Vivian, wie Ihr Euch vielleicht erinnern mögt.«

»Ach, Lady Vivian ... Ich meine Vivian – liebe, liebe Vivian, nicht weinen ...« Und trotz meiner kraftlosen Abwehrversuche schloß er mich in die Arme, und ich lag da, während er mir Kopf und Schultern liebkoste – und du lieber Himmel! in diesem Moment wußte ich, und er wußte es auch, daß es so sein sollte und daß es Liebe war. Die Rolle, die ich spielen sollte, hatte ich ganz vergessen; ich wußte bloß, wir waren füreinander bestimmt.

Doch da schob er mich sanft von sich. »Wir haben uns vergessen«, sagte er.

»Ach, nein«, sagte ich bitter und faßte mich wieder nach dieser Zurückweisung. »Ihr vergeßt Euch nicht. Ihr seid nur allzu besonnen. Ihr vergeßt Euch nicht. Weiter würdet Ihr niemals gehen.«

»Wie könnte ich?« sagte er, und es erboste mich über die Maßen, daß er mir indirekt auch noch Vorwürfe machte.

»Ihr wollt nichts wagen«, sagte ich. »Ihr würdet niemals Euren Körper aufs Spiel setzen – oder geht es Euch etwa um Eure Seele?« Kaum hatte ich es ausgesprochen, fiel mir auch schon ein, wo ich dies schon einmal gehört hatte. Dies waren Morganas Worte – wie war es ihr gelungen, sie mir in den Mund zu legen? Ich hatte dies nicht sagen wollen.

»Das war grausam, Vivian«, sagte er.

»Ach, ich weiß, ich weiß!« rief ich heftig. »Ich hab's nicht so gemeint. Verzeiht mir.« Und ich ergriff seine Hände und hielt sie fest.

»Ihr wißt, daß ich keine Frau lieben kann«, sagte er. »Ich stehe unter einem Fluch …«

»Auch nicht zum ersten und letzten Mal?« flehte ich.

»Auch nicht zum ersten und letzten Mal. Ihr seid die Gemahlin meines Gastgebers …«

»Nur dem Namen nach.«

»Gleichwohl vertraut man mir. Ihr seht also …«

Seine Hände fühlten sich sehr warm an.

»Wenn es sich aber gar nicht so verhielte?« fragte ich. »Angenommen, es verhielte sich anders? Was dann?«

Unsere Gesichter waren dicht beieinander, und seine Augen brannten sich in die meinen.

»Laßt uns Freunde bleiben«, sagte er. »Geht – und zwar rasch, bevor ich schwach werde.«

»Laßt mich solange hier warten, bis Ihr schwach werdet.«

»Nein – nein. Ich möchte, daß wir Freunde bleiben. Geht, bevor wir zu Feinden werden.«

Und er blickte mich so streng an, daß mir nichts anderes übrigblieb, als das Tablett zu nehmen und hinauszugehen, ohne mich umzusehen.

Ich weiß, ich war durcheinander und rot im Gesicht, als ich Morgana begegnete, und meine Wangen waren noch immer naß von Tränen. Sie musterte mich von oben bis unten.

»Na? Jedenfalls hat er dich nicht kaltgelassen. Nun, wir versuchen es morgen wieder. Du kannst diesem Mann noch immer das Leben retten.«

Wieder ließ ich mich den ganzen Tag nicht blicken, obwohl Heiligabend war. Gegen Abend kehrte Bertilak blutverschmiert heim und warf einen erlegten Eber ab.

»Er hat sich tapfer gewehrt, und es war ziemlich knapp«, sagte er. »Morgen ist der Fuchs an der Reihe – der ist schlauer, und wir müssen ihm mit List begegnen.«

Jetzt hielt ich es in meiner Kammer nicht mehr aus, denn die Festlichkeiten erforderten meine Anwesenheit; die ganze

Zeit aber saß ich mit schwerem Herzen da, trotz des Kerzenscheins und der Pracht von Stechpalme und Mistel. Kein einziges Mal sah ich Gawain ins Gesicht, der neben mir am Tisch saß, und er richtete auch bloß förmliche Worte an mich.

Doch kaum hatte das Abendessen geendet, da stahl ich mich auch schon fort, obwohl ich eigentlich die Weihnachtswache hätte halten und an der Christmette teilnehmen sollen. Statt dessen ging ich hoch in mein Zimmer, verriegelte die Tür und nahm einige Bücher aus dem Regal, die ich den ganzen Tag über aufmerksam studiert hatte. In diese Bücher hatte ich in der Vergangenheit peinlich genau alles eingetragen, was ich über Morganas magische Künste gelernt hatte und was nicht mit den Namen von Teufeln besudelt war.

Sodann holte ich ein Knäuel grüner Bänder aus der Truhe, und nachdem ich einen Kreis auf den Boden gemalt und die Zeichen angebracht hatte, setzte ich mich in den Kreis und flocht die grünen Bänder zu einem Gürtel. Ich knüpfte ein kompliziertes Muster mit vielen Windungen und Drehungen, denn auf diese Weise werden die Einflüsse des Bösen abgewehrt und verlaufen sich wie in einem Labyrinth. Den Gürtel versah ich mit einer Kupferschnalle – denn Kupfer ist das Metall der Venus; und er war wunderschön anzusehen, als er fertig war. Dann legte ich ihn in die Mitte des Kreises, und nachdem ich ihn mit Wasser bespritzt und mit Weihrauch gesegnet hatte, belegte ich ihn mit dem stärksten mir bekannten Zauber und beschwor die schützende Kraft der Venus, auf daß der Träger des Gürtels vor allen Angriffen des Mars gefeit sein möge, vor Eisen und Bronze und Messing und Stein und Holz und Feuer; und auf daß der bleierne Saturn keinen Einfluß auf sein Leben nehmen möge, sondern die Kräfte des Mars in ihm statt dessen in siegreicher Tapferkeit und die des Saturn in lebenslangem Frieden unter der Dominanz der lieblichen Venus, der Friedensbringerin und unser aller Mutter, verwandelt werden mögen.

Als ich mit dem Gürtel fertig war, schnallte ich ihn mir um die Taille und verbarg ihn unter meinem Gewand.

Auf diese Weise, dachte ich, kann ich ihm vielleicht das Leben retten, auch ohne Morganas Wunsch nachzukommen. Gott allein wußte, wie sehr ich mich mit Leib und Seele nach ihm sehnte. Aber warum nur, warum hatte Morgan ihn hierher gelockt – denn ich war überzeugt, daß sie dahintersteckte –, warum hatte sie mich, die ich gänzlich unnötig an Bertilak gebunden war, mit Gawain zusammengeführt, dessen unheilvolles Geschick sich allein durch unehrenhaftes Handeln wenden ließ? Vielleicht aber würde mein Zauber ja stärker sein als der Morganas und ihn ohne jede Unehrenhaftigkeit retten. Ich wollte es jedenfalls versuchen.

Unten im Palas sangen die Teilnehmer der Christmette noch immer Weihnachtslieder, doch ich fühlte mich ihnen sehr fern. Als ich aber das Tablett für Gawains Frühstück fertigmachte, legte ich einen Stechpalmenzweig darauf und einen rosigen Apfel, dazu tat ich Konfekt aus Datteln und Gewürzen und füllte den Becher mit Wein statt mit Ale. Außerdem hatte ich mein bestes Kleid angelegt, aus wundervollem tiefrotem Damast, das über den Boden schleifte und am Hals, wo mir weicher Pelzbesatz die bloßen Schultern wärmte, tief ausgeschnitten war.

Schließlich hob ich den Riegel und öffnete die Tür.

Auch diesmal war er bereits wach, und ich glaube, er hatte mich erwartet, denn seine ersten Worte lauteten: »Ihr hättet nicht herkommen sollen.«

»Weshalb nicht?« sagte ich, trat ans Bett und stellte ihm das Tablett auf die Knie. »Ihr müßt etwas frühstücken – soll ich Euch etwa am Weihnachtsmorgen hungern lassen?«

Er lächelte und betastete den rosigen Apfel.

»Also dann, Lady – nein, ich sollte ja Vivian sagen! – wünsche ich Euch fröhliche Weihnachten – und danke Euch – und jetzt müßt Ihr gehen.«

Ich blickte ihn finster an.

»Keine guten Wünsche zu Weihnachten? – O ja, ich gehe gleich – aber vorher möchte ich Euch etwas schenken. Zumindest das müßt Ihr mir zugestehen.«

»Ein Geschenk? Also, das ist sehr freundlich von Euch, aber ich glaube, ich sollte es nicht annehmen, denn ich kann es nicht erwidern, versteht Ihr?«

»Ihr müßt es annehmen, Ihr müßt!« platzte ich heraus, löste den grünen Gürtel von meiner Taille und reichte ihn ihm. »Gawain« – dies war das erste Mal, daß ich ihn mit Namen anredete – »diesmal bitte ich Euch lediglich, dies hier anzunehmen und zu tragen.«

Er betastete mißtrauisch den quer über dem Bett liegenden Gürtel, das Grün, das im scharfen Kontrast zum roten und violetten Licht stand, das durchs Fenster fiel.

»Ich soll das tragen? Aber was ist das – was steckt dahinter?«

»Wollt Ihr damit sagen –«

»Ja. Ein solcher Gegenstand muß etwas mit Magie zu tun haben.«

»Dann will ich es Euch sagen. Ach, mein Liebster, mein Geliebter ...« (Und abermals strömten mir die Tränen übers Gesicht). »Dies ist ein Zauber, der Euch schützen soll, der stärkste Zauber, den ich bewirken konnte. Ich weiß, daß Ihr Euch morgen zum Zweikampf stellen müßt und daß ich Euch nie wiedersehen werde. Wenn Ihr aufbrecht, nehmt dies mit. Dann wird Euer Leben nicht in Gefahr geraten, obwohl ich Euch niemals – niemals –«

Ich konnte nicht weiterreden. Um mein Gesicht zu verbergen, beugte ich mich vor, hob das Tablett hoch und stellte es auf die Truhe vor dem Fenster, wo ich mit dem Rücken zu Gawain stehenblieb.

»Liebe Freundin«, sagte er, »wie sollte ich Euch anders nennen – Ihr seid so freundlich. Doch Ihr wißt, daß ich mich nicht mit einem Zauber schützen darf, sondern den Hieb wehrlos entgegennehmen muß.«

»War er etwa durch keinen Zauber geschützt?« rief ich. »Dieser monströse Grüne Ritter, der – der nicht das war, was er zu sein schien?«

»Darauf kommt es nicht an. Das ging nur ihn etwas an. Ich habe eine Abmachung getroffen und muß sie einhalten. Und ich werde der Angst – keinen Platz einräumen.« (Das mochte schon sein, doch seine Stimme schwankte ein wenig.) »Daher nehme ich Euer Geschenk, das mein Leben schützen soll, nicht an. Allerdings betrachte ich es als Liebesbeweis.«

Mein Herz machte einen Satz, und ich wandte mich zu ihm um. Er zog mich an sich und küßte mich auf die Stirn.

»Und nun lebt wohl, meine Lady und meine einzige Liebe. Laßt uns so auseinandergehen, wie wir uns begegnet sind, ehrenhaft und in gegenseitiger Hochachtung. Mein Herz gehört Euch, ob ich nun lebe oder sterbe, und Gott sei mit Euch.«

Der Stephanstag – der Tag des heiligen Stephan, des Märtyrers. Und welch ein kalter, kalter, kalter Morgen!

Der Weihnachtstag war schon schwer für mich gewesen. Eingebunden in meine Pflichten hatte ich während der ganzen Feierlichkeiten auf dem Podium sitzen müssen, zwischen der als Witwe verkleideten Morgana und Bertilak, während unten im Saal eine muntere Schar hübscher Mädchen und einiger fescher Jünglinge Gawain durch die Weihnachtsspiele leitete, als wäre er ein Schoßhündchen oder ein Kind, das sie verderben wollten. Ich weiß nicht, woher sie kamen, nahm aber an, es handele sich auch diesmal wieder um von Morgana heraufbeschworene Phantome. Sie machten viel Aufhebens um ihn, scherzten mit ihm und brachen hin und wieder in sentimentales Wehklagen darüber aus, daß ein solch reizender junger Mann ins Verderben ziehen müsse ... Ich glaube nicht, daß sich wirkliche Menschen so verhalten hätten.

Und Bertilak, ganz der herzliche, zuvorkommende Gastgeber, ermunterte ihn, zu trinken und sich zu vergnügen, und heizte die ausgelassene Stimmung noch weiter an. Ich war überwältigt von Abscheu – wie konnte er nur, da er doch Bescheid wußte? Noch vor der Mittagszeit war er von der Jagd zurückgekehrt und hatte einen verdreckten Fuchs auf den Boden geworfen. »Das ist alles, was wir erlegt haben«, sagte er. »Er ist schlau, der Fuchs, aber er bricht alle Regeln. Tut Dinge, die man ihm niemals zutrauen würde. Kein ritterliches Tier ...« Und damit drehte er sich um und blickte mich unmittelbar an. Ich aber erwiderte seinen Blick. Wenn er ein Blender war, dann war ich es auch. Dies ging mir durch den Sinn, als ich neben ihm auf dem Podium saß. Doch wie sollte ich ihn verurteilen, da er doch genau wie ich bloß ein Werkzeug in den Händen der intriganten, lächelnden Morgana war?

Und nun brach der Morgen des Stephanstages an, der Tag, an dem Gawain fortgehen sollte. Es war bitterkalt – kein Wind, kein Regen, bloß eine graue Wolkendecke, aus der die Sonne kurz nach Sonnenaufgang ein paar Minuten lang als rote Scheibe hervorschaute, bevor sie wieder in der Gräue verschwand. Überall Schnee, den der bittere Frost verhärtet hatte. Glitzernde weiße Schneeflächen erstreckten sich bis zum trostlosen Horizont, und von Zinnen und Balkonen hingen lange Eiszapfen. Die weit entfernten Bäume bargen Schattenhöhlen unter ihren beladenen Zweigen, und bei den schwarzen Flecken, die in der Ferne zu sehen waren, mochte es sich um Wölfe handeln.

Von meinem Turmfenster aus konnte ich auf den Hof blicken, wo sich soeben die Tür des Palas öffnete, worauf Morgana und Bertilak – Bertilak – Gawain Lebewohl sagten und ihn zu seinem Pferd geleiteten. Ein Bediensteter auf einem Maultier begleitete ihn zur Grünen Kapelle, wo immer diese liegen mochte. Mir gefiel der Bedienstete nicht. Das war keiner unserer Knechte, sondern offenbar eines von Morganas Geschöpfen. Ich hatte den Eindruck, die Ohren unter seiner Kappe wiesen nach oben wie die eines Tieres.

Halblautes Gemurmel drang zu mir hoch – endlose Abschiedsformeln in der alten, rituellen Ausdrucksweise, begleitet von Händeschütteln und Verneigungen. Da – endlich saß er auf, der unheilvolle Bedienstete übernahm die

Führung, und sie ritten durchs große Tor und über den Burggraben hinweg. Für kurze Zeit verlor ich sie aus den Augen, als sie hinter der Mauer verschwanden; dann hatten sie die Straße erreicht und wandten sich hügelan.

Und in diesem Moment faßte ich einen Entschluß. Ich legte eilig meine wärmsten Kleider an, wie ich sie auch bei der Jagd trug; und unter Aufbietung all meiner magischen Fertigkeiten machte ich mich unsichtbar. Ich schlich mich die Treppe hinunter – sorgsam darauf bedacht, daß ich nicht Morgana über den Weg lief, denn ich war mir nicht sicher, ob meine Unsichtbarkeit vor ihr Bestand hätte – und eilte zu den Stallungen hinüber. Mein Lieblingspferd, Hirschfuß, erkannte mich an der Berührung und an der Stimme – ich glaube nicht, daß es ihm etwas ausmachte, mich nicht sehen zu können. Ich sattelte ihn, saß auf und ritt durchs hintere Tor hinaus. Bald darauf hatte ich die Burgmauern umrundet und die Straße erreicht, die vom Haupttor aus den Hügel hinaufführte; währenddessen bemühte ich mich nach Kräften, meine Unsichtbarkeit auf Hirschfuß auszuweiten, und soweit ich das erkennen konnte, gelang es mir auch. Ich kannte die ersten drei Meilen des Weges, den Gawain einschlagen würde, denn eine andere Möglichkeit gab es nicht; anschließend gabelte sich der Weg, doch seine Spuren und die des Bediensteten waren deutlich zu erkennen, und ich folgte ihnen durch die verlassene, kalte, öde Landschaft, und kurz darauf sah ich sie auch schon; sie ritten dem trostlosen Norden entgegen. Ich folgte ihnen, gerade eben in Sichtweite. Warum? Einfach weil ich wissen wollte, was aus ihnen wurde.

Der Weg wurde immer unwegsamer und einsamer. Der Wald rückte näher heran, die schneebedeckten Zweige bildeten finstere Höhlen. Ich wagte gar nicht daran zu denken, was dort lauern mochte. Ich dachte an die seltsamen Wesen, die ich im Wald gesehen hatte, als ich mit Morgana aus dem Süden hierher geritten war – manche davon waren ziemlich grauenerregend gewesen, dabei war es damals Sommer – welche Wesen aber mochten sich an diesen dunkleren, gruseligeren Orten verbergen? Außerdem gab es hier bestimmt Wölfe. Daß sie mich nicht sehen konnten, vermochte mich nicht zu trösten – schließlich konnten sie mich hören und riechen. Ich überlegte, ob ich mich im Notfall rasch wieder sichtbar machen sollte, damit Gawain mich auch sah, wenn er sich auf mein Hilferufen hin umdrehte – oder würde er bloß eine wilde Wolfsmeute erblicken und sie ihrem Festmahl überlassen?

Ich hielt mich gerade so eben in Sichtweite Gawains und des Bediensteten, und wenn er mich hörte, würde er dies sicherlich den unheimlichen Erscheinungen zuschreiben, die am Wegesrand lauern mochten. Die beiden ritten weiter, bis sich der Tag dem Abend zuneigte. Wir erklommen Hügel und ritten im Zickzack an schroffen Steilwänden entlang. Nach einem solchen Aufstieg, an einer Stelle, wo sich zwischen den Hängen dieses und des nächsten Hügels ein dunkler, enger Einschnitt öffnete, hielten sie an, und es entspann sich ein Wortwechsel. Sie saßen auf ihren Reittieren und blickten einander an, während aus den Nüstern von Pferd und Maultier Dampfwolken in die eiskalte Luft emporstiegen. Ich konnte jedes Wort verstehen.

»Werter Herr, hier verlasse ich Euch, und ... und ...«

»Und was, mein Guter? Spricht nur, du brauchst keine Angst zu haben.«

»Und – nehmt es mir nicht übel –, aber Ihr solltet ebenfalls nicht weiterreiten. Ich kenne diesen Ort und weiß darüber Bescheid – über den Mann, den Ihr dort treffen wollt. Um nichts in der Welt würde ich weiterreiten, das könnt Ihr mir glauben, Sir.«

»Niemand verlangt dies von dir.«

»Nein, Sir. Aber Ihr ...«

»Mach dir um mich keine Gedanken. Du solltest mich nur zur Grünen Kapelle geleiten, alles andere geht dich nichts an. Sind wir denn schon da?«

»Nur noch durch dieses Tal, Sir. Gleich dort drüben. Aber – wenn Ihr verzeiht, Sir – es gefällt mir nicht, daß Ihr dort hinaufreitet. Um mich klar auszudrücken, dort erwartet Euch der sichere Tod.«

»Und wenn ich dies bereits weiß?«

»Ja, Sir. Aber ich bitte Euch – angenommen, Ihr würdet hier entlangreiten, dann kämt Ihr nach Wales und zum Meer. Ich würde zurückreiten und niemandem ein Wort sagen, bloß daß ich Euch hier zurückgelassen habe, und niemand würde jemals davon erfahren ...«

Gawain antwortete in barschem Ton: »Geh weg. Geh und laß mich allein. Vielleicht kannst du es nicht verstehen, aber ich muß weiterreiten. Und eins laß dir gesagt sein, du elender Feigling, wenn du irgendwelche Lügen verbreitest und behauptest, ich wäre fortgelaufen, obwohl ich tot in diesem Tal dort oben liege, wird mein Schädel dir schreiend nachgeflogen kommen. Und jetzt zieh deines Weges und laß mich des meinen ziehen.«

Er packte die Zügel seines Pferdes, riß es herum und gab ihm die Sporen. Die Steine, die das Pferd mit den Hufen emporschleuderte, stürzten polternd in den Abgrund. Ich beobachtete, wie der Bedienstete sich umwandte und den Hügelpfad wieder hinabritt. Von meiner Warte aus konnte ich beide erkennen, als sie einander schon längst nicht mehr sahen – und sobald der Bedienstete vor Gawains Blicken verborgen war, verschwand er einfach mitsamt dem Maultier. Da war ich endlich sicher, daß er eins von Morganas Phantomen gewesen war. Wäre er ein verzaubertes Erdenmensch gewesen, hätte ich ihn sehen müssen, da ich selbst im Moment teilweise dem Jenseits angehörte; dieses Wesen aber war substanzlos und hatte sich vollständig aufgelöst. Als ich an der Stelle vorbeikam, wo ich es zum letztenmal gesehen hatte, spürte ich kurzzeitig einen kalten Lufthauch, das war alles. Und so ritt ich eilig hinter Gawain den Hang hinauf und verkürzte dabei den Abstand. Der Moment der Bewährung stand kurz bevor.

Der Hohlweg war ein schmaler, dunkler Durchgang; das Licht der schwachen, von Wolken verdeckten Sonne drang kaum hinein, und die eiskalte Winterluft rauschte hindurch. Dann verbreiterte sich der Weg ein wenig zu einem kleinen Tal, wo sich ein reißender Wildbach unter Eiszapfen seinen Weg bahnte; und in der Mitte ragte etwas Bedrohliches auf – ein hoher runder Erdhügel, umschattet und grasüberwachsen, das Grab eines Riesen. Ein dunkler Eingang öffnete sich in der Seite. Ich hatte schon von solchen Orten gehört – es handelte sich um uralte Begräbnishügel von Menschen aus grauer Vorzeit, innen hohl und mit vier den Himmelsrichtungen zugeordneten Eingängen, die ins finstere Innere führten, wo angeblich die goldgekrönten Toten im Kreis saßen. Wenn dies die Grüne Kapelle war, welche unseligen Gebete wurden dann hier gesprochen?

Als ich näher kam, vernahm ich ein seltsames furchterregendes Geräusch, das aus der Erde zu kommen schien. Zunächst ein dumpfer Laut, eine Schwingung, welche den Weg erschütterte, so daß ich sie durch den Körper des Pferdes hindurch spürte, dann eine Art knirschendes Dröhnen mit einem schrillen Unterton – welches Ding über oder unter der Erde war imstande, einen solchen Lärm zu machen? Hirschfuß warf den Kopf hoch, stutzte, zitterte – ich sah, wie Gawains Pferd, das dem Ursprung des Lärms viel näher war, zusammenfuhr, scheute und tänzelte. Gawain hielt die Zügel fest in der Hand und redete dem verängstigten Tier gut zu. Nach ein paar Schritten saß er jedoch ab und band das Pferd an einem Weißdornstrauch fest, worauf er zu Fuß weiterging. In der Hand hielt er die große Axt, die er mitgebracht hatte, ohne jedoch den Eindruck zu machen, sie zu seiner Verteidigung gebrauchen zu wollen. Den Umhang hatte er abgeworfen, und zu meiner Erleichterung trug er meinen grünen Gürtel.

Der furchtbare Lärm brach ab – dann setzte er wieder ein und hallte von den Felswänden wider. Und plötzlich wußte ich, was das war – ein Schleifstein. Jemand schärfte eine Axt.

Ich saß ab, band Hirschfuß fest und rückte leise vor, bis uns nur noch etwa dreihundert Meter trennten. Dann brach das Geräusch abermals ab, und diesmal dauerte die Stille an, eine tödliche, erwartungsvolle Stille, worin der Wildbach, das von den Blumen tropfende schmelzende Eis und das Piepsen eines einsamen kleinen Vogels zu vernehmen waren. Nichts regte sich – bis Gawain, als ich schon meinte, die Spannung nicht länger ertragen zu können, plötzlich rief: »Hola ...«

Und das Echo höhnte: »Hola-a-a ...«

Dann drängte sich aus dem dunklen, halb von überhängenden Zweigen verdeckten Eingang des Hügelgrabs das grüne Scheusal hervor, das ich bereits einmal gesehen hatte. Es bewegte sich wiegend und schlurfend, wie ein Bär, doch es war größer als ein Bär. Es – Bertilak vermochte ich nicht darin zu sehen, obwohl ich wußte, daß er es war – war größer, als ich es in Erinnerung hatte. Augen und Nüstern glommen rot aus der gräßlichen grünen Haut hervor. Es trat vor und stützte sich auf eine Axt, eine viel größere Axt als die, welche Gawain bei sich trug, eine frisch geschärfte Axt, die den Ritter überragte.

Gawain sah zu dem furchteinflößenden Wesen auf, sein Gesicht aber vermochte ich nicht zu erkennen.

»Ich bin gekommen«, sagte er leise, aber mit fester Stimme.

Das Ungeheuer antwortete langsam und krächzend.

»Ihr habt Euer Wort gehalten. Das ist gut. Ihr habt Euren Hieb angebracht. Jetzt ist die Reihe an mir.«

Gawain legte seine Axt auf den Boden und nahm sehr bedächtig den Helm ab. Er trug keinen Plattenpanzer, bloß ein Lederwams. Und so stand er da, vollkommen reglos, und neigte den Kopf. Das Ungeheuer holte mit der riesigen Axt aus – ich konnte nicht mehr hinsehen. Ich schloß die Augen – ich hörte das pfeifende Geräusch, als die Axt niedersauste, und dann einen gedämpften Schrei.

»Ihr seid zurückgeschreckt«, sagte das Ungeheuer.

Ich öffnete die Augen – Gawain war noch immer unversehrt, und die Axt pendelte in der Hand des Ungeheuers rechts von seinem Opfer.

Gawains Gesicht sah ich noch immer nicht, doch ich hörte seine Stimme.

»Es tut mir leid. Schlagt noch einmal zu, diesmal werde ich mich nicht rühren.«

Abermals hob sich die Axt, und diesmal schaute ich wie gebannt zu. Ich wollte meinen Augen nicht trauen, doch nun sauste die Axt links am Ohr vorbei, ohne Gawain zu berühren. Er regte sich nicht, als die Axt niederfiel, sodann hob er verwirrt und erbost den Kopf. Das Ungeheuer stieß ein schauerliches Gelächter aus.

»Diesmal habe ich mich nicht bewegt«, sagte Gawain. »Ihr aber – was immer Ihr seid – sollt Euch um Himmels willen nicht über mich lustig machen. Schlagt zu und macht ein Ende.«

»Das werde ich«, knurrte der Riese und holte abermals aus.

Nieder sauste die Axt und – ich glaube, ich stieß wohl einen Schrei aus, denn ich bemerkte eine klaffende Wunde in Gawains Schulter, und plötzlich war er blutüberströmt. Doch er stand noch immer aufrecht, während der Riese zurücktrat und keinerlei Anstalten machte, ihn erneut anzugreifen.

Einen Moment lang verharrten sie so, und mir stockte der Atem, denn ich erwartete eigentlich, daß Gawain zusammensacken würde. Statt dessen packte er die kleinere Axt, die vor seinen Füßen lag, wirbelte sie lachend durch die Luft und machte einen Satz auf den Riesen zu.

»Ihr habt Euren Schlag gemacht!« rief er. »Und ich bin immer noch am Leben, und jetzt darf ich mich wehren. Na los, du Scheusal ...«

Lachend wehrte das Ungeheuer den Schlag mit einem Arm ab und entwand Gawain die Axt – und plötzlich stand da Bertilak, nicht mehr das Ungeheuer, und hielt Gawain auf Armeslänge von sich wie einen jungen Hund.

Bertilaks dröhnendes Lachen hallte von den Felsen wider.

»Dazu besteht kein Anlaß mehr, mein Junge – es reicht. Ruhig jetzt – Ihr habt Eure Sache sehr gut gemacht. Jetzt ist alles vorbei.« Und sich auf die formelle Ausdrucksweise der Ritterschaft besinnend: »Haltet ein, edler Ritter, denn Eure Queste ist vollbracht. Ihr habt Euch wacker geschlagen, und hiermit erkenne ich an, daß Ihr Euch als der Überlegene erwiesen habt.«

Er ließ Gawain los, der daraufhin gegen die Felswand zurücktaumelte und sich mit ausgebreiteten Armen abstützen mußte, sonst wäre er gestürzt – offenbar war er stärker durcheinander als je zuvor. Bertilak stützte sich auf die Axt, die ihm geblieben war, und fuhr in vertraulichem Ton fort:

»Ihr habt Eure Sache sehr gut gemacht, mein Junge. Die Schramme tut mir leid, aber das ist bloß eine Fleischwunde, und ich mußte es tun. Der erste Hieb, der Euch verfehlte, war für das erste Mal, als Ihr meiner Frau widerstanden habt, versteht Ihr. Hättet Ihr Euch anders verhalten, wäre es schlimmer für Euch ausgegangen. Der zweite Hieb war für das zweite Mal. Beim dritten Mal aber mußte ich Euch verwunden, denn wie Ihr wißt, habt Ihr bei der dritten Prüfung ein klein wenig versagt.«

Gawains bislang bleiches Gesicht lief allmählich rot an.

»Aber ich versichere Euch – ich schwöre – ich habe niemals – ach, so glaubt mir doch, ich habe nie, niemals …«

»Das weiß ich doch, mein Junge. Andernfalls hätte ich Euch den Schädel eingeschlagen – ich wäre dazu gezwungen gewesen, versteht Ihr? Nein, das war nicht nötig, also beunruhigt Euch nicht. Es hat an dem grünen Gehenk gelegen, das Ihr da tragt.«

»Daran? – gütiger Himmel, fort mit dem furchtbaren Ding«, und er riß es ab und warf es auf den Boden.

»Ja – dieses Geschenk meiner Frau habt Ihr nicht nur als Liebespfand entgegennommen, sondern auch als einen Zauber, der Euch das Leben retten sollte. Das war gegen die Abmachung, nicht wahr? Hab ich recht?«

»O ja, Ihr habt recht«, sagte Gawain kläglich, mit hängendem Kopf wie ein gescholtener Schüler. »Das ist wirklich wahr. Ich habe versagt, und ich hatte Angst, jedenfalls ein wenig. Ach Herr, zu mehr tauge ich nicht.«

»Nein, mein Junge«, sagte Bertilak sehr freundlich. »Es war eine schwere Prüfung – Ihr wurdet auf alle möglichen Weisen auf die Probe gestellt, versteht Ihr, und Ihr habt ausgezeichnet dabei abgeschnitten. Das müßt Ihr tragen«, sagte er, hob das grüne Gehenk auf und reichte es Gawain, »wenn Ihr an König Artus' Hof zurückkehrt, als Zeichen Eures Sieges.«

»Als Zeichen meiner Niederlage«, beharrte Gawain. »Als Zeichen meines Versagens und meiner Schande. Ich will es nicht tragen.«

»Ihr müßt. Ihr müßt es tragen, damit sie wissen, daß Ihr Eure Aufgabe erfüllt habt. Hört mal, mein Junge, Ihr dürft Euch keine Vorwürfe machen – die Kräfte, die gegen Euch standen, waren sehr stark. Dies alles wurde von Morgana le Faye eingefädelt – die alte Dame in Schwarz, das war bloß eine ihrer Verkleidungen. Das war Teil der Ränke und Täuschungen, die auf Artus und Guinevere abzielen, doch Ihr habt sie am Ende besiegt. Und meiner hübschen Frau dürft Ihr auch nicht böse sein.«

»Was?« Gawain schaute unvermittelt hoch.

»Nein – auch sie war von Morgana eingespannt. Dies war alles Teil des Plans, Euch auf die Probe zu stellen. Ich mußte natürlich zustimmen. Sie hat es eigentlich gar nicht gewollt. – Ihr könnt Euch gar nicht vorstellen, wie schwer es für Morgan war, sie zu überreden.«

Gawains sowieso schon blasses Gesicht wurde noch blasser. Er faßte sich an die Stirn und lehnte sich an die Felswand.

»Ach, mein Gott!« hörte ich ihn sagen. »Ach, mein Gott – und ich dachte, sie liebt mich.«

Das Schweigen zwischen ihnen währte lange.

Dann ging Bertilak, das plumpe, freundliche, dumme Gesicht voller Besorgnis, auf Gawain zu mit einem Leinentuch für seine verletzte Schulter und sagte: »Na, na, mein Junge – nehmt es Euch nicht so zu Herzen. Es war ja nicht bös gemeint. Jetzt reitet Ihr mit mir zurück, laßt die Wunde verbinden, nehmt eine gute Mahlzeit zu Euch und ruht Euch aus – die Weihnachtszeit währt schließlich noch zehn Tage. Und Ihr müßt mit meiner Gemahlin sprechen und Frieden mit ihr schließen!«

»Nein, nein!« rief Gawain heftig aus. »Mit Frauen will ich nichts mehr zu tun haben! Nie wieder! Ich werde nie wieder eine ansehen. Sie – sie haben alles verdient, was über sie gesagt wird. Ha« – und er schauderte – »ich hatte die Vision einer Schlange mit einem Frauenkopf. Nein, ich bitte um Verzeihung, mein Herr. Ich bin unhöflich – ich weiß Euer Angebot zu schätzen. Aber ich möchte lieber nicht mit Euch zurückreiten. In meiner gegenwärtigen Gemütslage tauge ich nicht als Gesellschaft. Laßt mich meiner Wege ziehen.«

»Nun, wenn es denn sein muß, mein Junge – ich hoffe doch, Ihr beabsichtigt, auf dem kürzesten Weg zu König Artus' Hof zurückzureiten?«

»Vielleicht. Ich weiß es noch nicht. Ich kann nicht klar denken. Ich muß eine Weile allein sein.«

»Laßt Euch wenigstens die Wunde verbinden. Reitet am besten den Weg zurück, den Ihr gekommen seid. Wenn Ihr die erste Abzweigung nach Westen nehmt – seht Ihr die Sonne? – gelangt Ihr zu einem Kloster. In Eurem Zustand solltet Ihr Euch nicht allzu lange in der Kälte aufhalten ...«

»Ich danke Euch«, sagte Gawain kurz angebunden und ging zu seinem Pferd. Er kam dicht an mir vorbei, ohne mich zu bemerken, und ich sah, wie betroffen er war.

»Auf Wiedersehen, mein Junge, und paßt gut auf Euch auf«, sagte Bertilak. »Und denkt nicht gar zu schlecht von uns. Ihr habt Euch als tapferer Ritter erwiesen, und laßt Euch von niemandem etwas anderes einreden.«

Ich saß möglichst leise auf und folgte Gawain, als er niedergeschlagen und arg mitgenommen aus der Talmulde hinausritt. Bertilak blieb zurück, gestützt auf seine Axt, stirnrunzelnd und verwundert die Augen verdrehend. Ich wußte bloß, daß Gawain mich haßte; doch ob ich wollte oder nicht, ich mußte ihn begleiten und mich vergewissern, wie es ihm erging, und ritte er dem Ende der Welt entgegen.

4

Gawain

Als ich der Grünen Kapelle den Rücken kehrte und allein den Bergpfad hinunterritt, war ich zu sehr mit meinem Elend beschäftigt, um mir Gedanken darüber zu machen, was aus mir werden sollte oder welchen Weg ich einschlug. Ich hatte nicht das Gefühl, eine schwere Prüfung bestanden oder eine Aufgabe erfüllt zu haben – vielmehr waren mein Stolz, meine Liebe und mein Glaube erschüttert, und ich wußte nicht mehr, wofür ich lebte. Dazu kam noch, daß ich mich ganz schwach fühlte, daß die verletzte Schulter schmerzte und brannte, daß ich müde und innerlich leer war, und daß der kalte Wind bis zu meiner Gänsehaut vordrang. Ich hatte es eher meinem Pferd als mir selbst zu verdanken, daß ich die Abbiegung einschlug, die Sir Bertilak mir empfohlen hatte, und rechtzeitig zum Kloster gelangte, wo die braven Mönche sehr zuvorkommend zu mir waren, mir jegliche Bequemlichkeit angedeihen ließen und meine Wunde nach bestem Vermögen versorgten. Sie drängten mich, solange zu bleiben, bis ich mich erholt hätte, doch ich war rastlos und bestand mit der törichten Hartnäckigkeit des Kranken darauf, am nächsten Tag weiterzureiten, obwohl ich mich überhaupt nicht gut fühlte und mich die Bewohner des alten Klosters nur widerwillig ziehen lassen wollten.

Ohne ein bestimmtes Ziel vor Augen wandte ich mich nach Süden, vielleicht weil ich glaubte, dort wäre es ein wenig freundlicher als im rauhen Norden, wo Schnee lag und ein eiskalter Wind wehte. Einmal war mir heiß, und ich schwitzte in meiner schweren Rüstung, dann wieder zitterte ich – meine Schulterverletzung pochte, und ich hatte so schlimme Kopfschmerzen, daß ich kaum wußte, was ich tat. Ich ritt in einer Art Traumzustand dahin, und die Schatten der Vergangenheit stiegen vor mir auf und quälten mich.

Irgendwann vernahm ich hinter mir ein leises Geräusch, als folgte mir ein Reiter. In dieser von Spukgestalten heimgesuchten Gegend hatte ich schon häufiger das Geräusch von Phantomschritten vernommen, die mir folgten, und gegenwärtig kam mir sowieso alles unwirklich vor – es kümmerte mich kaum, welches Gespenst mir nachritt. Jetzt aber hatte ich den Eindruck, es handele sich um etwas Wirkliches. Und da erschien hinter der letzten Wegbiegung ein kleiner grauer Esel, der ein kleines schwarzes Bündel auf dem Rücken trug. Ich zog die Zügel an und wartete, während der Esel sich grazil näherte; und dann stellte sich der Reiter als ein kleines altes Weib heraus.

Die Frau saß ab und näherte sich mir. Sie wirkte tatsächlich sehr alt – die Gesichtshaut war wie Pergament, die Haarsträhnen, die hinter dem weißen Schleier unter der schwarzen Haube hervorlugten, erinnerten an welkes Wintergras, und der Mund war eingefallen, so daß man überhaupt keine Lippen sah. Gleichwohl wirkte sie makellos reinlich, und die Augen in den knochigen Höhlen, denen es sowohl an Brauen wie an Wimpernhaaren mangelte, strahlten und blickten mich, wie ich meinte, freundlich an. Sie war so klein, daß sie mit dem Kopf kaum bis an meinen Steigbügel reichte.

»Bitte, edler Ritter«, sprach sie mich an – und ihre Stimme war zwar hoch und dünn, aber klar, ohne das störende Tremolo vieler alter Weiber.

»Edler Ritter«, sagte sie, »dies ist eine einsame Straße, und ich bin schutzlos. Würdet Ihr so freundlich sein, mich an Eurer Seite reiten zu lassen, bis wir einen sicheren Ort erreichen?«

Plötzlich überkamen mich Zweifel und böse Vorahnungen. Eine Frau! Mit Frauen wollte ich nichts mehr zu tun haben. Allein schon der Anblick eines Schleiers und eines Kleides verursachte mir Qualen. Ach, hätte ich doch bloß vergessen können, daß es solche Wesen überhaupt gab!

»Es tut mir leid, Weib«, sagte ich, »doch ich bin entschlossen, keinen Umgang mit Frauen mehr zu haben ...«

»Entschlossen?« sagte sie mit einem zerknitterten Lächeln. »Ihr habt kein Gelübde abgelegt, sondern seid lediglich entschlossen? – Dann solltet Ihr bedenken, mein Herr, daß ich kaum als Frau gelten kann. Nicht einmal der heilige Antonius würde sich meinetwegen Sorgen machen. Keine Frau, Sir, bloß eine alte Amme ohne Beschäftigung.«

Ich musterte sie von oben bis unten und mußte zugeben, daß es ihr an sämtlichen Reizen Evas mangelte.

»Ich war Amme, guter Herr«, fuhr sie fort, »in der Familie von Lord Egerton, doch mittlerweile sind die Kinder alle erwachsen und brauchen mich nicht mehr. Deshalb bin ich unterwegs zur Tochter meiner Schwester, die in Sarum lebt und mich hoffentlich aufnehmen wird. Doch der Weg ist weit, und ich fürchte mich vor Räubern.«

Ich musterte sie erneut, denn mir war ein anderer Gedanke gekommen – wenn sie nun eine Hexe war? Bei einem alten Weib konnte man nie wissen.

»Ach, ich weiß, was Ihr denkt!« rief sie aus. »Nein, ich bin keine Hexe. Seht nur, ich trage ein Silberkreuz um den Hals. Ich habe keine Klumpfüße – sehr nur«, und sie hob den langen Rock und zeigte mir ihre kleinen Füße, die in plumpen, abgelaufenen Schuhen steckten. »Wenn Ihr wollt, könnt Ihr mich an der ersten Kirche, an der wir vorbekommen, mit Weihwasser auf die Probe stellen.«

»Nein, nein, gute Frau«, sagte ich, »Ihr seid gewiß keine Hexe.« Ich befand mich in großer Verlegenheit, denn ein Leben lang hatte man mich gelehrt, alle Frauen zu ehren und ihnen beizustehen, gleich ob alt oder jung, von hohem oder niederem Stand; und so verletzt und argwöhnisch ich auch war, kam ich dagegen doch nicht an. »Es ist schon recht, gute Frau«, sagte, »Ihr könnt mit mir reiten und seid willkommen. Wie ich sehe, habe ich nichts Böses von Euch zu befürchten. Aber verzeiht mir, wenn ich mich als schlechter Gesellschafter erweisen sollte.«

»Ich werde Euch keine Mühe machen«, sagte sie. »Ich werde auf meinem kleinen Esel hinter Euch herreiten, und ich verspreche Euch, nur dann etwas zu sagen, wenn ich gefragt werde.«

Und so ritten wir schweigend einher, und mir wurde von Stunde zu Stunde elender zumute. Schließlich rief sie mich an.

»Edler Ritter – dem Stand der Sonne nach zu schließen, scheint es mir an der Zeit, das Mittagsfleisch einzunehmen. Dort drüben ist eine Höhle, die uns Schutz böte vor dem kalten Wind.«

Ich war gern bereit zu rasten; und ich fühlte mich so schwach, daß ich beim Absitzen beinahe gestürzt wäre. Sie griff mir unter die Arme.

»Aber der Mann ist ja krank!« rief sie.

»Das ist nichts weiter, Weib«, sagte ich. »Ich habe bloß ein wenig Fieber, wegen einer kleinen Verletzung – eine Kleinigkeit ...« Währenddessen aber drehte sich alles um mich, und ein schrecklicher Kälteschauer durchfuhr mich.

Sie faßte mich beim Arm. »Männer!« hörte ich sie sagen. »Bezeichnen hohes Fieber als Kleinigkeit!«

Und dann muß ich wohl zusammengebrochen und längere Zeit bewußtlos gewesen sein, denn ich hatte schlimme Träume und quälte mich ab in Dunkelheit und Gluthitze, so daß ich bisweilen meinte, ich sei tot und befände mich in der Hölle. Sinnlose Worte hallten mir in den Ohren, gräßliche Gesichter tauchten vor mir auf, einige mit Hörnern auf dem Kopf und doppelten Nasen und mahlenden Zähnen. Ich hatte den Eindruck, ständig im Kreis zu laufen. Dann wieder meinte ich, meine Mutter sei bei mir, und ich klammerte mich an sie, barg meinen Kopf an ihrer Brust und weinte lange Zeit bitterlich. Und dann irgendwann hörten die Gesichter auf, mich zu quälen.

Schließlich erwachte ich, ausgeruht und nicht mehr erhitzt, wenn auch sehr geschwächt. Ich hatte keine Ahnung, wo ich mich befand, doch noch ehe ich die Augen aufschlug, spürte ich, daß ich auf einem bequemen Lager aus Schaffellen lag und ein sauberes Leinenhemd am Leibe trug. Ich öffnete die Augen und blickte an die Decke einer Höhle, welche ein Feuer in ein flackerndes Licht tauchte. Zunächst meinte ich, mich noch immer im Kloster zu befinden, und wunderte mich, weshalb man mich von einer Zelle in eine Höhle verfrachtet hatte. Denn um eine Höhle handelte es sich gewiß, und an deren hinteren Ende, wo ich warm und behaglich auf den Schaffellen lag, brannte ein

Feuer; und dann verdeckte ein Schatten den Höhleneingang, und die kleine Alte trat mit einer Schüssel Fleischbrühe ein.

»Also seid Ihr endlich wach, mein Sohn«, sagte sie. »So ist's recht. Und jetzt setzt Euch auf und eßt die gute Brühe.«

Unvermittelt wurde mir bewußt, daß diese Frau mich offenbar entkleidet und aufs Lager gebettet hatte. Ich war entsetzt. Was aber sollte ich tun? In dem Hemd vom Lager aufzuspringen, wäre noch beschämender gewesen – außerdem fühlte ich mich äußerst schwach und behaglich, zudem war der Duft der Brühe sehr verlockend. Ich gab jeden Widerstand auf.

»Wie lange habe ich so gelegen?« fragte ich.

»Drei Tage.«

»War ich krank?«

»Das wart Ihr, und es geht Euch immer noch nicht besonders gut. Jetzt könnt Ihr Gott sei Dank nach einer Pflegerin schicken lassen, denn beim Kreuze Christi, Ihr braucht eine.«

»Ihr habt mich gepflegt?«

»Sonst wärt Ihr gestorben.«

»Dann verdanke ich Euch also mein Leben?« rief ich aus.

»So ist es«, erwiderte sie trocken. »Und jetzt seid ein braver Junge und trinkt die Brühe, und dann solltet Ihr wieder ruhen.« Doch sie wandte das Gesicht ab, und ihre Stimme zitterte eigentümlich.

Als sie später bei meinem Lager saß, fragte ich sie: »Wie nennt Ihr Euch, Weib?«

»Ich heiße Dowsabel«, antwortete sie.

»Dowsabel«, wiederholte ich versonnen. »*Douce et belle* – sanft und schön.«

»Schön war ich einmal«, sagte sie, den Blick auf ihre gefalteten Hände gesenkt. »Sanft aber kann ich immer noch sein, wenn Ihr mich laßt.«

»Sanft seid Ihr in der Tat«, sagte ich voller Wärme, »und schön erscheint Ihr mir wegen Eurer Freundlichkeit.«

Sie schwieg darauf, und mir schien, als weinte sie.

In der Nacht fieberte ich erneut, und die gräßlichen Gesichter tauchten wieder auf, und ich wanderte durch heiße Wüsten und stieg endlose Treppenfluchten empor und drängte mich verwirrt, schwitzend und verängstigt durch Horden grausamer Menschen – dann kam wie zuvor meine Mutter zu mir, und ich klammerte mich weinend an sie. Anschließend lag ich eine Zeitlang wach, und als ich die Augen aufschlug, stellte ich fest, daß es dunkel war und ich das Gesicht der Frau, die mich in den Armen hielt, nicht sehen konnte.

»Mutter?« fragte ich.

»Ruhig, mein Junge«, antwortete die sanfte Stimme. »Ich bin's bloß, Dowsabel, die alte Amme Dowsabel. Bleibt still liegen und ruht Euch aus.«

Ich war so schwach, daß ich mich in ihrer Umarmung zurücklehnte und zuließ, daß sie mir einen kühlen Trank einflößte, und kurz darauf schlief ich wieder ein.

Wir blieben noch ganze zehn weitere Tage in der Höhle, und ich kam immer mehr zu Kräften. Täglich ritt Dowsabel auf ihrem kleinen Esel fort und holte Vorräte aus irgendeinem einsamen Heidedorf – ob sie dafür bezahlte oder ob sie bettelte, erfuhr ich nie, doch es reichte stets aus. Am frühen Nachmittag kam sie zurück – ich freute mich jedesmal, wenn ich die kleinen Hufe des Esels auf dem steinigen Weg hörte – und dann machte sie Feuer und kochte, und wir saßen beisammen vor den lodernden Flammen und hatten es trotz der Kälte und des Regens draußen behaglich und warm. Wir unterhielten uns, und nach und nach vergaß ich, daß sie dem verräterischen und verfluchten Frauengeschlecht angehörte – vielleicht vergaß ich meinen Gram und meinen Groll auch in dem Maße, wie ich wieder genas. Als ich ihr vom Verrat der Lady Vivian erzählte, liefen der alten Frau zu meiner Verwunderung Tränen über die Wangen.

»Weshalb weint Ihr?« fragte ich.

»Ich weine um das arme Mädchen«, antwortete sie.

»Aber, Dowsabel, sie ist eine Verräterin und Verführerin ...«

»Hört mal, mein Junge – was ist, wenn sie ebenfalls gelitten hat? Man hat Euch gesagt, sie sei von der bösen Morgana zu dem, was sie getan hat, gezwungen worden – angenommen, sie hat Euch wirklich geliebt?«

Ich schüttelte den Kopf. »Nein, bestimmt nicht.«

»Vergeßt nicht, sie hat Euch das grüne Gehenk zu Eurem Schutz gegeben.«

»Zu meinem Schutz! Damit hat sie mich vernichtet. Hätte ich es nicht angenommen, hätte ich niemals diese Verletzung davongetragen, die mich nun an mein Versagen erinnert.«

»Ja, aber angenommen, sie wollte Euch damit das Leben retten?«

Ihr Blick und ihr Tonfall waren eigentümlich drängend,

ich aber murmelte bloß: »Nein, nein – laßt uns nicht mehr von ihr sprechen«, und wandte mich ab.

Dowsabel wollte erst weiterreiten, wenn ich ihrer Ansicht nach hinreichend wiederhergestellt wäre, und solange wir in der Höhle blieben, hatte sie in der Tat das Sagen. Ich erinnere mich noch gut, wie ich am sechsten Tag die Reitrüstung anlegte und aufsitzen wollte, worauf sie mich so heftig ausschalt, als sei sie meine gute Tante Lynett in Person. Ich mußte nachgeben und abwarten, bis sie den Zeitpunkt für gekommen hielt.

Ich weiß nicht, wann sie schlief – ich glaube, sie hatte noch eine zweite Höhle ganz in der Nähe, denn in dem Hang gab es mehrere. In einer davon waren mein Pferd und ihr Esel untergebracht, und vielleicht schlief sie ja dort. Allerdings bezweifle ich, daß sie in der ersten Woche nachts viel Schlaf fand – jedesmal, wenn ich die Augen aufschlug, hielt sie bei meinem Lager Wache.

Als der Januar anbrach, wurde das Wetter milder, und am zehnten Tag, nachdem ich das Bewußtsein wiedererlangt hatte, ließ sie mich aufsitzen und ein wenig umherreiten, damit ich wieder zu Kräften kam. Es war merkwürdig, daß ich ihr gehorchte, als wäre sie tatsächlich meine Tante Lynett – oder meine Mutter.

Eines Nachmittags, als ich von einem Ausritt im dunstigen Mittagssonnenschein zurückkehrte, bot sich mir ein seltsamer Anblick. Ich hatte mein Pferd untergestellt und schritt am Fuße der Felswand entlang, in der sich unsere Behausung befand. Neben dem Eingang zu unserer Höhle befand sich eine Art Felsnische, nach Süden weisend, windgeschützt und offen für ein bißchen Sonne. Der erste Eisenhut und ein paar Schneeglöckchen waren bereits durchs kurze, blasse Gras gebrochen, und Brombeersträucher und Efeu bildeten ein Blätterdach und hingen herab wie Eiszapfen. Im Innern dieser Laube saß Dowsabel, und – so wahr ich lebe! – ausgestreckt zu ihren Füßen lag ein gewaltiges Einhorn, den Kopf auf ihren Schoß gebettet. Das mächtige Tier war so groß wie ein Streitroß, doch so anmutig gebaut wie ein Reh. Die Beine hatte es unter sich geschlagen, so daß man nur die silbrigen Hufe sah. Die Augen hielt es geschlossen, doch hin und wieder sandte es einen Blick zwischen den langen, schwarzen Wimpern hindurch, um Dowsabel, welche ihm das perlmuttfarbene Horn streichelte, zu zeigen, daß es wach war. Sie saß ruhig und entspannt da, wie das Ebenbild der heiligen Muttergottes inmitten der eisüberkrusteten Zweige und der ersten Frühlingsblumen; ihr armes, altes, verwüstetes Gesicht hätte eher zur heiligen Anna gepaßt. Doch fiel mir auf, daß die Hände, welche den edlen Kopf des Einhorns liebkosten, faltenlos, weiß und schön geformt waren wie die Hände eines jungen Mädchens.

Als sie das Geräusch meiner Schritte vernahm, schaute sie hoch, lächelte ernst und legte den Zeigefinger an die Lippen; dann entfernte ich mich leise. Als ich nach etwa einer Stunde wiederkam, war das Einhorn verschwunden, und Dowsabel machte sich in der Höhle am Feuer zu schaffen.

»Wohin ist unser wunderschöner Gast entschwunden?« fragte ich.

»Ach – er hat sich davongemacht«, antwortete sie.

»Davongemacht – aber wohin?«

»Nun, ich weiß es nicht. Er ist eben fort.«

»Habt Ihr dort draußen im Schnee nicht gefroren?«

»Nein, sein Atem hat mich gewärmt.«

»Dann habt Ihr also die Liebe nicht kennengelernt, kleine Dowsabel?« fragte ich, denn ich wußte sehr wohl, was ein Einhorn bedeutete.

Sie hielt inne und sah mich an.

»Es ist wahr«, sagte sie, »das Glück der Liebe habe ich nie kennengelernt. Das soll aber nicht heißen, ich hätte niemals geliebt.« Und plötzlich lag alles Leid der Welt in ihren Augen.

Impulsiv ergriff ich ihre Hand und hielt sie fest. (Hatte ich wirklich gemeint, ihre Hand sei weiß und faltenlos? Jetzt aber war sie geädert und braun gesprenkelt, wie die Hände alter Weiber eben sind.)

»Liebe Dowsabel«, sagte ich, »als ich Euch begegnete, hatte ich kein Vertrauen mehr zu den Frauen. Euch aber vertraue ich und werde Euch immer vertrauen.«

Sie sog scharf den Atem ein, wie schwankend zwischen Freude und Schmerz, und suchte meinen Blick. Dann sagte sie:

»Aber wenn ich nun jung und schön wäre, würdet Ihr mir dann auch noch vertrauen?«

»Ich weiß es nicht«, antwortete ich bedächtig, denn ich bemühte mich, aufrichtig zu sein. »Das wäre etwas anderes. Ich weiß es nicht.«

Daraufhin entzog sie mir ihre Hand, wandte sich brüsk ab und entfernte sich bis ans Ende der Höhle. Dort hörte ich sie bitterlich weinen, doch ich traute mich nicht, zu ihr zu gehen.

Am zwölften Tag, etwa Mitte Januar, meinte sie, wir könnten am nächsten Tag aufbrechen; ich sei wieder zu Kräften gekommen, und sie wolle zu einem Kloster oder einer Abtei weiterreiten, die mir mehr Annehmlichkeiten böte; wenn ich mich dort eine Weile ausgeruht hätte, könnten wir zu König Artus' Hof in Chester weiterreiten. Die Tochter ihrer Schwester in Sarum könne warten, meinte Dowsabel. Sie war entschlossen, bei mir zu bleiben und mir die Dienste eines Knappen wie einer Pflegerin zu erweisen, und ich für mein Teil glaubte, ohne sie nicht zurechtkommen zu können.

Am Tag vor dem geplanten Aufbruch ging sie wie zuvor ins Dorf, um Vorräte zu beschaffen, und in der Zwischenzeit traf ein Bote ein.

Es war ein junger Mönch, und ich bemerkte ihn schon von weitem, da ich gerade aus dem Höhleneingang über die schneebedeckten Hänge blickte. Dies war das erste Mal, daß sich über den Weg jemand anders näherte als Dowsabel. Er trug eine braune Kutte und hatte die Kapuze übergezogen. Als er mich erreicht hatte, streifte er die Kapuze halb zurück, und ich erblickte einen blassen, gar nicht übel aussehenden Jüngling mit dunklen Brauen, rasiertem Kinn und Tonsur. Mit gesenktem Blick sprach er mich an.

»Ihr seid Sir Gawain?«

»Der bin ich, lieber Bruder.«

»Ich bringe Euch eine Nachricht von König Artus.«

Ihr könnt Euch vorstellen, daß da mein Herz einen Satz machte. Dann wußte König Artus also, wo ich mich aufhielt und wie es mir ergangen war! Er wußte, daß ich meine Vereinbarung mit dem Grünen Ritter erfüllt hatte; aber – und da sank mir wieder der Mut – er wußte auch von meinem

Versagen. Doch ich durfte den Lohn nicht zurückweisen, ganz gleich, wie er ausfallen mochte.

»Übermittelt mir die Botschaft des Königs.«

»König Artus hat gesagt: An meinen treuen, hochgeschätzten Gawain. Wenn Ihr Eure Heldentat vollbracht habt, bitte ich Euch, bis spätestens Lichtmeß zu mir in die Stadt Sarum zu kommen. Wenn Euch an mir liegt, werdet Ihr Euch nicht verspäten.«

Dies sagte er auf wie auswendig gelernt.

»Bis Lichtmeß!« sagte ich. »Bis dahin sind es noch vierzehn Tage, nicht wahr?« Der Mönch nickte, ohne den Blick zu heben.

»Habt Ihr ein Unterpfand Artus' dabei?« fragte ich. Statt zu antworten zog er die Linke aus dem Ärmel, und ich erblickte an einem Finger einen mit Rubinen und Smaragden besetzten Ring in Form eines geflügelten Drachens. Einen solchen Ring meinte ich auch bereits an Artus' Hand gesehen zu haben. Daher kniete ich nieder und küßte den Ring.

»Richtet König Artus aus«, sagte ich »sein Ritter wird seinem Befehl gehorchen und zu Lichtmeß in der Stadt Sarum sein.« Sodann erhob ich mich und fuhr in gewöhnlichem Umgangston fort: »Wollt Ihr nicht mit hereinkommen und Euch ausruhen, Bruder? Es ist ein armseliger Ort, doch mehr kann ich Euch nicht bieten.«

»Ich danke Euch, nein«, erwiderte er, nach wie vor auf Förmlichkeit bedacht. »Tausend Dank für Eure Freundlichkeit, aber ich muß weitereilen. Ich segne Euch.« Und er hob segnend die Hand, worauf er eilig davonging und hinter der Biegung des Hügels verschwand.

Als ich Dowsabel davon erzählte, meinte ich, sie werde erfreut darüber sein, daß wir den Ort aufsuchen würden, wo ihre Nichte wohnte; ihr Argwohn traf mich gänzlich unvorbereitet.

»Ein Mönch – was für ein Mönch?«

»Ach, er war jung – er trug eine braune Kutte und hatte eine Tonsur, was soll da sonst noch sein?«

»Von welchem Kloster stammte er?«

»Danach habe ich mich nicht erkundigt. Er kam von König Artus, das war alles.«

»Woher wißt Ihr, daß er von Artus kam?«

»Er hat mir Artus' Ring gezeigt.«

»Ihr wollt sagen, er hat Euch einen Ring gezeigt, von dem Ihr annahmt, er gehöre Artus.«

»Mein Gott, Dowsabel! Darf ich denn meinen eigenen Augen nicht mehr trauen? Er war ein Bote König Artus' – geschickt von Artus persönlich – hätte ich ihn denn den ganzen Katechismus abfragen sollen?«

Sie ließ nicht locker: »Trug er ein Kreuz um den Hals?«

»Das konnte ich nicht erkennen.«

»Hat er Euch gesegnet?«

»Gewiß.«

»Mit welchen Worten – mit welchem Zeichen?«

»Nun, alles war, wie es sein sollte. Ich glaube, er hat gesagt ›Ich segne Euch‹ und die Hand erhoben ...«

»Aber er hat nicht gesagt ›Im Namen des Vaters, des Sohnes und des Heiligen Geistes‹? Hat er den Namen Gottes in den Mund genommen? Hat er ein Kreuz geschlagen?«

»Also wirklich, gute Frau«, sagte ich, »wenn jemand einem Ritter eine Nachricht des Königs überbringt, dann achtet man die Formen – und selbst wenn ich mich genau an den Wortlaut der Segnung erinnern könnte ...«

»Ich an Eurer Stelle hätte ihm nicht getraut«, sagte sie.

»Das mag schon sein«, räumte ich ein wenig säuerlich ein. (Ich glaube, ich war gereizt während meiner Rekonvaleszenz, und über ihre Fragen war mir der Geduldsfaden gerissen.) »Das war ein Mann, und es ging um eine Angelegenheit zwischen Männern, zwischen mir und dem König. Ich habe vom König die Anweisung erhalten, nach Sarum zu reiten, und das werde ich auch tun; und ich möchte Euch bitten, gute Frau, mich nicht daran zu hindern.«

Ich wußte, ich hatte sie verletzt, doch ich war ein solcher Dummkopf, daß es mir nichts ausmachte.

Am nächsten Tag packten wir unsere Habseligkeiten zusammen und brachen in südöstlicher Richtung auf.

Am ersten Tag der Reise war ich sehr schwach, wenngleich die Wunde gut verheilt war. Am Abend aber gelangten wir zu einem Nonnenkloster, und Dowsabel richtete es ein, daß wir drei Tage dort bleiben konnten. Ich muß zugeben, daß ich froh war, in einem sauberen, trockenen Raum in einem ordentlichen Bett zu schlafen, und es tat mir sehr gut. Ich war natürlich in der Krankenstube untergebracht, während Dowsabel bei den Nonnen im Klosterinneren war, so daß ich sie bis zum Aufbruch kaum zum sehen bekam; was vielleicht gar nicht so schlecht war, denn wir waren nicht gut aufeinander zu sprechen. Als wir uns wieder auf den Weg machten, hatte sich unser gegenseitiger Groll weitgehend verflüchtigt, und ich hatte mich ja auch gut erholt, weshalb ich besserer Stimmung war. So unterhielten wir uns beim Reiten einigermaßen gesittet über unterschiedliche Themen. Gleichwohl aber war eine Spannung zwischen uns.

Wir wandten uns nach Südosten Richtung Sarum – damals war es noch leicht, den richtigen Weg zu finden, denn die breiten Straßen der Römer existierten noch, und an den Wegkreuzungen standen Schilder; und wenngleich die Gegend einsam und öde war, so war sie doch nicht so einsam wie die Wildnis des Nordens, die wir nun allmählich hinter uns ließen. Man konnte einigermaßen sicher sein, zu Abend auf eine Abtei, ein Nonnenkloster, einen Gasthof oder zumindest ein Gehöft oder eine Hütte zu stoßen, wo einem Ritter und einer Pilgerin Obdach gewährt wurde. Und so ritten wir weiter, wurden immer entspannter im Umgang miteinander und vergaßen beinahe unsere Zwietracht. Zwei Tage vor Lichtmeß verließen wir den Savernake-Wald und erreichten den Rand der weiten Ebene.

Die Nacht hatten wir in einem einsamen Gehöft verbracht und wollten am Morgen aufbrechen – an einem feuchten, windigen, finsteren Morgen; das trübe Licht im Osten schien wie ein schwacher Schimmer unter einem schwarzen Dach hervorzukommen. Ich stand vor dem überwölbten Backsteintor des Hofes und zog gerade den Sattelgurt stramm, während Dowsabel drinnen mit der Bauersfrau noch die Bezahlung klärte. Als ich aufsah, stand plötzlich der Mönch vor mir.

Ich schreckte zusammen, und mein erster Gedanke war, Dowsabel zu rufen, damit sie selbst mit ihm sprechen könne; er aber sagte rasch mit leiser Stimme: »Ruft nicht die Amme. Das ist eine Angelegenheit zwischen Männern. König Artus bittet Euch, zum großen Steinkreis in Stonehenge zu kommen und Euch dort zu Lichtmeß mit Merlin zu treffen. Kommt nicht zu spät, wenn Ihr den König liebt und ihm gehorchen wollt.« Er hielt Artus' Ring hoch – er funkelte im trüben Licht der Mauer, und ich kniete nieder und küßte ihn.

»Ich werde dort sein«, sagte ich. »Wollt Ihr nicht hereinkommen?«

»Nein, ich muß weiter. Lebt wohl«, und gleich darauf verschwand er hinter der Biegung der dämmrigen Straße.

Kurz darauf trat Dowsabel nach draußen.

»Dowsabel«, sagte ich, als sie auf den Esel stieg, »der Mönch war wieder hier. Er meinte, ich solle nach Stonehenge reiten und mich dort mit Merlin treffen.«

»Was?« rief sie. »Welcher Mönch? Weshalb habt Ihr mich nicht gerufen? Wo ist er hin?«

»Ich weiß nicht, wo er hin wollte«, sagte ich stirnrunzelnd, »und er wollte mich unter vier Augen sprechen. Ihr müßt das verstehen – er ist ein Bote Artus', und ich muß ihm gehorchen.«

»Ich traue ihm nicht«, antwortete sie, noch blasser ihm Gesicht als zuvor, und mit flatternden papiernen Augenlidern. »Das gefällt mir nicht. Weshalb sollte er Euch nach Stonenhenge befehlen? Erst hieß es Sarum und jetzt wieder etwas anderes. Er hatte kein Unterpfand dabei …«

»Doch, Artus' Ring.«

»Ich sagte, er hatte kein Unterpfand, dem ich trauen würde. Es gibt keinen Beweis dafür, daß er der ist, als der er sich ausgibt. Er könnte ein Dämon sein oder ein Phantom …«

»Dowsabel«, sagte ich, »niemand verlangt von Euch, diesem Mönch zu vertrauen. Die Botschaft war für mich bestimmt.« Und da ich ganz außer mir war vor Gereiztheit und Ungeduld, setzte ich hinzu: »Niemand verlangt von Euch, daß Ihr nach Stonehenge geht. Reitet zu Eurer

Nichte nach Sarum, und Gott sei mit Euch. Ich muß nach Stonehenge reiten, nicht Ihr.«

Sie drehte sich im Sattel um und zügelte den Esel. Die Zügel fielen ihr aus der Hand.

»Ist das Euer Wunsch?« fragte sie mit schwacher Stimme.

»Ja«, antwortete ich. »Ich stehe jetzt unter dem Befehl eines Mannes, nicht unter dem einer Frau, und halte es für das Beste, wenn wir uns hier trennen.« Sie schluchzte trokken auf, dann sagte sie: »Lebt wohl«, worauf sie den Esel wendete und rasch über die Weggabelung davonritt. Ich blickte ihr nach – ich wußte, ich war grob gewesen und hätte ihr zumindest für alles, was sie für mich getan hatte, danken sollen – doch ich war immer noch voller Groll und Stolz, und sie hatte sich so schnell entfernt. Während ich noch überlegte, was ich statt dessen hätte sagen sollen, war sie bereits verschwunden.

Die Einsamkeit des Flachlandes jenseits von Sarum kann sich niemand vorstellen, der nicht dort gewesen ist. Die Landschaft des Nordens mit ihren Felsen und Wäldern ist wild; hier aber gibt es keine Felsen, keine Berge, keine Bäume – nichts als das weite, öde Land, das sich endlos in die Ferne erstreckt, über ferne Hänge und langgezogene Bodenwellen hinweg, als ginge es immer so weiter; schwärzliches Heidekraut, verkümmerte Wacholderbüsche und gelbes Gras vom letzten Jahr, das zu Stroh geworden ist, bedecken die Erde. Nicht einmal Weißdornbüsche wachsen hier, und nur an wenigen Orten zeigt der Stechginster einen schwachen gelben Schimmer. In der Ferne ist der Boden aufgerissen, und der weiß funkelnde Feuerstein bildet bizarre Formen, und am Horizont ragen die Begräbnishügel vergessener Könige auf.

Durch diese Gegend führte mein Weg, und ich war mutterseelenallein.

Ich versuchte, mit meinem Pferd zu reden – mit dem braven alten Trojan, der immer noch mein Begleiter war –, doch meine Stimme schien meiner zu spotten und machte mir angst. Wieder und wieder sagte ich mir, ich solle Dowsabel nicht nachtrauern – Herrgott noch mal, war ich früher nicht auch allein geritten? War ich denn ein Kind, das eine Amme brauchte? War sie denn etwas anderes gewesen als eine Belastung – ein gebrechliches altes Weib, das ich im Falle einer Gefahr hätte beschützen müssen? War ich ohne sie nicht besser dran?

Der Tag war kurz, und es regnete unablässig. Keine Spur von einem Gehöft, einem Gasthof oder einem Kloster, nicht einmal eine Schäferhütte war zu sehen; dabei war mir bewußt, daß ich an einem solchen Ort zu solcher Zeit nachts nicht reiten konnte. Es dunkelte rasch – da stieß ich am Wegesrand – mit Gottes Barmherzigkeit – (was hätte ich sonst wohl angefangen?) auf die einzige Baumgruppe weit und breit und beschloß, dort mein Nachtlager aufzuschlagen.

Es war ein düsterer, unheilverkündender Ort, aber immer noch besser als das offene Land. Die Bäume waren schwarze, verkümmerte Kiefern, und zu ihren Füßen wuchsen Stechpalmen. Ich hatte Glück, denn die größte der Stechpalmen bildete eine Art grüner Laube, und der Regen war durch die Blätter nicht hineingedrungen, so daß es dort trocken und geschützt war wie in einem kleinen Zelt. Und so band ich mein Pferd davor an, sammelte ein paar Äste, bevor es vollständig dunkel wurde, und machte inmitten des belaubten Unterstands Feuer. Als ich das Feuer endlich in Gang gebracht hatte, war es stockdunkel geworden, und in der Ferne vernahm ich einen Laut, der mich schaudern ließ – das Heulen eines Wolfs. Trojan hörte es ebenfalls und begann zu wiehern und zu stampfen. Ich konnte nicht zulassen, daß er dort draußen von Wölfen gefressen wurde. Ich band ihn los, warf ihm zum Schutz vor den spitzen Blättern meinen Umhang über Augen und Maul und bugsierte ihn mit gutem Zureden unter die Stechpalme an den Rand des Feuers, wo ich ihn zum Hinlegen bewegte. Dann bettete ich mich an seinen warmen Bauch. Dies war nicht das erste Mal, daß Trojan und ich auf diese Weise einschliefen – ich hatte ihm während meines Wanderjahres beigebracht, sich hinzulegen und mich bei ihm schlafen zu lassen, denn es war gut, im Notfall darauf zurückgreifen zu können, und wir hatten schon unter Heuhaufen und in Wäldern so geschlafen, jedoch noch nie auf so engem Raum. Denn ich durfte weder das Feuer zu nah am Stamm der Stechpalme machen, sonst wäre sie womöglich in Brand geraten, noch konnte ich Trojan zu nah an die Flamme lassen; das Blätterdach aber schloß uns nach außen hin ab, und der Regen und die Gefahr blieben draußen. Die ganze Zeit über, während ich Trojan richtig plazierte, mußte ich mit ihm reden, und vielleicht half mir dies, die Nacht durchzustehen, denn obwohl er ein dummes Tier war, verstand er doch einiges von dem, was ich ihm sagte. Als ich ihm den Umhang abnahm, suchten seine großen Augen meinen Blick, und wir teilten unsere Angst, unsere Einsamkeit und unser Unglück.

So lagen wir da und warteten darauf, daß die lange Nacht endete, und es war eine sehr lange Nacht, denn um diese Jahreszeit sind die Nächte wesentlich länger als der Tag. Meine Gedanken kehrten zu Dowsabel zurück – ich hoffte, daß sie inzwischen eine sichere Unterkunft gefunden hatte oder gar schon bei ihrer Nichte in Sarum angekommen war; dieser Ort hier wäre nichts für sie gewesen – mit der Höhle war er nicht zu vergleichen. Ich hätte nicht gewollt, daß sie mir hier Gesellschaft leistete – doch ich mußte mir eingestehen, daß sie mir sehr fehlte.

Der Regen fiel unablässig, schwarz und bedrückend; in weiter Ferne war das Heulen zu vernehmen und in der Nähe schwerer einzuordnende Geräusche – ein Rascheln und Knacken von Zweigen, ein Tappen vor der Stechpalme und bisweilen ein Atmen. Ich spürte, wie sich das Fell an Trojans Hals sträubte; er zuckte und schnaubte, doch ich redete ihm leise zu und bat ihn, still zu liegen, obwohl jede Faser meines Körpers angespannt war. Dann drängte sich etwas Schlimmeres in mein Bewußtsein. Es war nichts, das ich sehen oder hören konnte, doch ich spürte es in mir und sah es immer dann, wenn mir vor Müdigkeit die Augen zufielen, vor meinen Lidern. Es war eine Art Netz oder ein Nebelschleier, der aus der Erde stieg, über Meilen hinweg, und dies war die Erde selbst. Zäh und klebrig wie Spinnweben türmte sie sich gleichzeitig an tausend Orten auf zu tausend Köpfen, tausend Mäulern, die sich weit und hungrig öffneten und augenlos waren. Die Erde schnappte und saugte mit all diesen Mäulern – unermeßlich alt, grausam und hungrig. Mager, karg und gierig. Meile um Meile erstreckte sie sich, türmte sich auf, Welle um Welle in der Dunkelheit, blind suchend mit diesen ausgehungerten Mäulern. Und irgendwo dort draußen wurde ein kleines, hilfloses Geschöpf, ein kleines Tier oder, schlimmer noch, ein Kind, hin und her gejagt, und es rannte von einem fürchterlichen Maul zum anderen, wimmernd vor Angst – und dieses hilflose Wesen, wurde mir allmählich bewußt, das war ich. Ohne zu schlafen, driftete ich allmählich in diesen Alptraum ab. Trojan holte mich zurück, indem er den Kopf warf und sich aufzurichten versuchte; ich hielt ihn nieder, beruhigte ihn und zwang mich, an ihn zu denken anstatt an dieses Ding dort draußen; und ich saß da und legte Zweige ins Feuer und betete zu Gott und der Muttergottes, bis es hell wurde.

Endlich brach ein trüber Morgen an und teilte die dichten Wolken, so willkommen wie eine gute Nachricht. Ich kämpfte mich aus der beengten Laubhöhle hervor, und als ich mich überzeugt hatte, daß das öde Land zumindest frei von Wölfen und Alpträumen war, bugsierte ich Trojan nach draußen, nachdem ich ihm zum Schutz vor den spitzen Blättern wieder die Augen verhüllt hatte. Er schüttelte sich heftig, schnaubte und stampfte, und dann suchte er den Boden nach dem spärlichen Gras ab. Ich hatte ein wenig Getreide in einem Beutel dabei, und das gab ich ihm. Für mich fand ich in der Satteltasche etwas Brot und Käse sowie eine Flasche Wein, mit dem ich mir ein wenig Mut antrank, und dann brachen wir auf. Der Regen hatte endlich aufgehört, das graue Licht des zweiten Februartages wurde klarer, und am Himmel zeigte sich ein blasser Streifen Blau. Lichtmeß war angebrochen.

Ich konnte erkennen, daß ich mich Stonehenge näherte, denn bald darauf gelangte ich zu einer langen, breiten Straße, gesäumt von düsteren großen Steinen, die mir wie grimmige, in Zweierreihen angeordnete, dunkelgekleidete Männer Spalier standen. Das Geräusch von Trojans Hufen wurde von ihnen zurückgeworfen und durch die Stille ringsum noch verstärkt.

Diese furchteinflößende, schnurgerade Straße führte über einen Hügel in ein Tal hinunter, und als ich mich den nächsten Hang hochmühte, sah ich es – Stonehenge. Gewaltig, abweisend und sich jeder Beschreibung entziehend, hob es sich dunkel vom blaß leuchtenden Himmel ab. Die mächtigen Steine bildeten einen vollkommenen Kreis, die Querblöcke, welche die Steine verbanden, waren regelmäßig und gerade ausgerichtet; und über die Querblöcke ragten fünf größere Trilithe auf. Dieser ältere Kreis, gebildet aus fremdartigen blauen Steinen, lag in der Mitte, so verborgen wie die Geheimnisse dieses Ortes. An der Außenseite der gewaltigen kreisförmigen Tempelanlage, unmittelbar auf meinem Weg und noch älter als die Steinkreise, aber stand ein einzelner großer Stein, hoch aufragend wie eine Säule, und dahinter lag ein weiterer Stein, der an einen Altar erinnert, flach am Boden. Vor dem aufrecht stehenden Stein erwartete mich ein Mann.

Er war dermaßen in dicke schwarze Gewänder vermummt, daß ich ihn zunächst für eine Frau hielt. Beim Näherkommen stellte ich jedoch fest, daß es sich um einen Mann handelte, alt, aber kräftig, mit einem grauen Spitzbart, der noch eine Spur Rot enthielt, und schräg stehenden rötlichen Brauen. Eigentlich hatte ich erwartet, daß seine Augen blau und gütig wären, doch sie waren schwarz und verwegen und funkelten wie die einer Schlange. Aber er lächelte, und seine Stimme war melodisch und bedächtig, wie mit Honig verklebt.

»Heil Dir«, sagte er, »Auserwählter der Sterne.«

Ich zog die Zügel stramm und gaffte ihn an, denn bei seinen Worten hatte sich mir eine kalte Hand ums Herz gelegt.

»Heil auch Euch, lieber Vater«, sagte ich und hoffte, daß meine Stimme nicht zitterte. »Wer seid Ihr, der mich grüßt, und zu welchem Zweck?«

»Allein um Euretwillen«, antwortete er mit einem freundlichen Lächeln. »Ich bin Merlin, und ich grüße den, der für Artus den König sein Leben opfern muß.«

Also nun doch ein Zweikampf! dachte ich, und meine Hand suchte den Schwertknauf.

»Gern – und gegen wen soll ich kämpfen?«

Er schüttelte den Kopf, noch immer lächelnd.

»Laßt das Schwert stecken, tapferer Ritter. – Ihr sollt nicht kämpfen, sondern Euer Leben willig hingeben, hier auf diesem Opferstein.«

»Nein!« rief ich. »So nicht! Kämpfen will ich gern, aber nicht …«

»Nein?« sagte er. »Ihr begreift wohl nicht, worum es geht.«

Er bewegte die Füße, nahm, gestützt auf seinen Stab, eine lässige Haltung ein und hob zu sprechen an, als belehre er einen Schüler.

»Jetzt hör mir genau zu. In Britannien, unserem Land, ist es seit jeher Gesetz, daß in jedem siebten Jahr der Herrschaft des Königs ein Mensch für den König geopfert wird, sonst muß er sterben. Dieser uralte Brauch ist von unseren Vorvätern auf uns gekommen. Als Ihr Euch auf das Abenteuer mit dem Grünen Ritter eingelassen habt, hättet Ihr wissen müssen, daß Ihr dazu auserwählt wurdet, an Stelle des Königs zu sterben. Ihr wißt, wo und wann das Opfer stattfinden sollte – und Ihr wißt auch, daß es dazu nicht kam und warum dies so war.«

Er blickte mich durchdringend an, und ich schämte mich zutiefst und hatte das Gefühl, das grüne Gehenk brenne sich in meine Schultern ein. Er fuhr fort:

»Und nun schreiben wir das vierzehnte Jahr der Herrschaft des Königs, und er liegt schwerkrank darnieder. Die heilige Zeit des Opfers reicht vom Julfest bis Lichtmeß. Dies ist die Zeit und der Ort. Freilich muß das Opfer einverstanden sein. Also, seid Ihr bereit, Euer Leben jetzt und hier für Euren König hinzugeben?«

Wenn ich sagte, meine Gefühle seien in Aufruhr gewesen, wäre dies meiner damaligen Gemütsverfassung kaum angemessen. Ich weinte.

»Ich würde alles tun, um meinen Lehnsfürsten zu retten oder ihm zu dienen – aber muß es wirklich auf diese Weise sein?«

»Auf diese Weise und nicht anders.«

»Aber das ist heidnisch! Was habe ich als christlicher Ritter und Diener Gottes und Seiner Mutter damit zu schaffen?«

Der alte Mann lächelte weise.

»Ach, mein Sohn, wir stehen hier inmitten der Vergangenheit. Was wißt Ihr schon von Göttern und deren Müttern? Die, denen Ihr zu dienen vorgebt, werden Euch hier wenig nützen.«

Ich zog das Schwert und hielt es mir wie ein Kruzifix vors Gesicht.

»Weiche von mir, Satan, und mit dir alles Heidnische!«

Er schob das Schwert mühelos beiseite.

»Steckt das ein. Hier gelten ältere Gesetze. Dies ist weder die rechte Zeit noch der passende Ort dafür. Hört mich an, mein Sohn – betet, was immer Ihr beten mögt, und zu wem Ihr wollt, aber wenn Ihr nicht hier und jetzt freiwillig Euer Leben hingebt, muß Artus sterben.«

»Ist das wahr?« seufzte ich.

»Es ist wahr. Er wird heute nacht sterben, und Ihr, Gawain, werdet schuld daran sein. Er wird sterben, weil Ihr es so gewollt habt. Oh, ich kann Euch nicht zwingen. Ihr braucht nicht zu fürchten, daß ich Euch Gewalt antun werde« – und seine struppigen Brauen glätteten sich –, »gegen Euren Willen werde ich nicht Hand an Euch legen. Ihr könnt ungehindert von hier fortreiten – nach Camelot zu Artus' Begräbnis, während Artus' Tod auf Eurer Seele lastet.«

Seinen Worten vermochte ich nichts entgegenzusetzen.

»Also einverstanden!« rief ich. »Ich bin Artus' Ritter und will für ihn mein Leben hingeben. Aber macht rasch und tötet mich, bevor ich mich anders besinne.«

»Nicht so eilig«, sagte er. »Hier kommt jemand, der ein Wörtchen mitreden will.« Er zog mich beiseite, so daß ich um die Biegung des Steinkreises blicken konnte.

Und da kam Dowsabel auf ihrem Esel angeritten – sie hielt an, saß ab und rannte übers kurze Gras auf uns zu, veränderte sich aber im Laufen – plötzlich sah ich, was ich längst hätte wissen sollen, nämlich daß sie die schöne Lady Vivian war.

Und in diesem Augenblick begriff ich, wie sehr sie sich um meinetwillen gedemütigt hatte, indem sie ihre Jugend, ihre Schönheit und all ihren Stolz verleugnete, auf daß ich lernte, ihr zu vertrauen. Wortlos breitete ich die Arme aus, und wortlos warf sie sich mir entgegen.

Der alte Mann betrachtete uns mit seinen funkelnden schwarzen Augen.

»Nun«, fragte er, »liebt Ihr diese Dame?«

»Mit meinem Leben«, antwortete ich.

»Mit meinem Leben, sagt der, der sowieso sterben wird«, spottete er. »Und Ihr, Lady, liebt Ihr ihn?«

»Mit ganzem Herzen und für alle Zeiten.«

»Das ist gut«, sagte der alte Mann.

»Ach, Herr«, rief ich, »wenn Ihr nicht nur Magier, sondern auch Priester seid, erweist uns diese letzte Freundlichkeit – vermählt uns, bevor ich sterbe!«

»Da weiß ich etwas Besseres«, sagte er. »Sie soll die Vollstreckerin sein.«

»Was!« riefen wir gemeinsam aus und wandten uns ihm zu, ohne einander loszulassen.

»Es obliegt Euch, Lady, ihm das Schwert ins Herz zu stoßen. Nur so kann das Opfer wirksam sein.«

»Das kann ich nicht!« schrie sie.

»Ihr müßt, sonst wird Artus sterben.«

»Lieber sterbe ich mit ihm zusammen. Ich flehe Euch an, mich mit ihm sterben zu lassen.«

Der alte Mann schien dies einen Moment lang zu bedenken, dann bückte er sich neben dem waagerecht liegenden Stein und hob ein langes, schmales Schwert aus Stahl hoch, funkelnd und äußerst scharf.

»So sei es denn«, sagte er mit schmeichelnder Stimme. »So wollen wir es machen. Ihr, Sir Gawain, legt Euch auf den Opferstein, und Eure Dame legt sich auf Eure Brust, das Gesicht dem Himmel zugewandt. Wenn ich zustoße, soll ihre Hand das Schwert so leiten, daß es zunächst ihre Brust und dann die Eure durchbohrt. So werdet Ihr gemeinsam sterben.«

Die liebe Vivian zitterte in meinen Armen, doch ihre Miene war entschlossen.

»Der Tod ist Ekstase«, sagte der alte Mann. »Ebenso wie die Vollendung der Liebe. Es wird wunderschön sein.« Und seine Stimme war wie sanfte Musik, als er in aller Ruhe von unserem Tod sprach.

Verzweifelt bemühte ich mich, den Trost in meinem Glauben heraufzubeschwören, doch an diesem düsteren, uralten Ort war er unerreichbar fern. Es blieb mir nichts anderes übrig, als meine Seele in einem Akt der Hingabe, wie ich ihn auch auf dem Schlachtfeld vollzogen hätte, Gott anzuvertrauen. Ich blickte meiner geliebten Dame tief in die Augen.

»Meine Liebe, ich habe Euch gerade erst gefunden«, sagte ich, »soll ich Euch da wirklich gleich wieder verlieren? Es gäbe noch soviel zu sagen ...«

»Im Paradies ist noch genug Zeit dafür«, antwortete sie. »Fahrt fort, Magier.«

In dem trüben Licht und in der Kälte, während die schreienden Kiebitze über uns kreisten und die Wolken über den Himmel jagten, nahm er mir Rüstung und Lederwams ab und legte mich auf den großen flachen Stein. Und dann legte er mir meine Liebste auf die Brust, und ich schloß sie in die Arme, um sie zu trösten, so gut es ging. Ihr rotes Haar floß mir übers Gesicht und bedeckte teilweise meine Augen. Der alte Mann stand über uns und streifte die Kapuze ab – ich hörte, wie er einen Singsang fremdartiger Worte anstimmte, der weithin übers stille Land schallte. Er bückte sich und setzte Vivian das Schwert auf die Brust, legte ihre Hände darum ...

Dann auf einmal schrie sie auf und versuchte, sich zu befreien ...

»Aufhören, aufhören – das ist nicht Merlin!«

Doch es war bereits zu spät.

5

Melior

Ich werde Melior genannt und bin der Schüler Merlins. Der Name Melior bedeutet ›Honigmund‹ und wurde mir deshalb verliehen, weil ich durch Gottes Gnade eine liebliche Stimme habe, sowohl beim Singen wie beim Sprechen; außerdem bin ich recht redegewandt. Ausgestattet mit dieser Gabe ist es an mir, diesen Bericht nach meiner Sicht abzuschließen, während ich hier in meiner Zelle in Amesbury sitze, mit einem Blinden an meiner Seite, der einmal ein Ritter war.

Mehr als fünf Jahre lang war ich Merlins enger Weggenosse und lebte mit ihm in seiner kleinen Hütte in der Nähe von Marlborough. Ich mache mich nun daran, die letzten Tage seines Lebens zu schildern; wollte ich die ganze Geschichte seines Lebens niederschreiben, könnte ich seiner Größe, seiner Weisheit und Liebenswürdigkeit niemals gerecht werden. Denn er war der Magier Britanniens, und einen zweiten wie ihn gab es nicht und wird es auch nie geben.

Der Statur nach war er klein, breit, kräftig gebaut – in seiner Jugend muß er eine eindrucksvolle und auch stattliche Erscheinung gewesen sein, denn selbst im hohen Alter wirkte er noch immer anziehend, und niemand wußte, wie alt er war. Seine Haut war frisch und makellos, sein schneeweißes Haar teilte sich glatt in der Stirn und hing ihm in Locken in den Nacken, und sein mächtiger, ebenfalls weißer Bart ergoß sich wie ein Gebirgswasserfall über seine breite Brust. Seine Augen waren groß und blau und klar, und wenn man hineinsah, war es, als öffnete man an einem strahlenden Wintermorgen ein Fenster. So war Merlin, mein Freund und Lehrer. Ich teilte als sein Schreiber und Schüler sein Einsiedlerdasein, doch beide waren wir keine geweihten Priester der Kirche. Gleichwohl betrachtete ich ihn immer als großen Priester nach älterem Recht. Trotzdem waren wir keine Heiden. Wir waren getreue Anhänger Gottes des Herrn, der einmal in Glastonbury wandelte, und Seiner Lieben Mutter, die ihre Tage dort beendete. Möge ich, wenn meine Zeit gekommen ist, in Glastonburys heiliger Erde begraben werden, in der auch Artus ruhen wird, mit der armen Guinevere an seiner Seite.

Seit ich zu ihm kam (als junger Bursche von fünfzehn Jahren) suchte Merlin nur selten Artus' Hof auf und in den letzten drei Jahren gar nicht mehr. Er machte Ausflüchte und sagte, er werde allmählich alt und Artus müsse jetzt allein regieren, ohne sich auf jemand anderen zu stützen. Jedes Jahr zu Weihnachten aber brach er zwei Tage vor dem Fest auf und reiste über die verschneiten Wege langsam nach Avebury. Dort trat er vor Tagesanbruch in seinem weißen Gewand mit dem Mistelzweig zu den großen, erhabenen Steinen und nahm vor dem Ringstein Aufstellung und befahl mir, ein Gefäß mit Wasser auf eine bestimmte Stelle des davor liegenden Steins zu stellen. Wenn die Sonne des Weihnachtstages klein und rot im Südosten aufging, fielen ihre Strahlen durch den Ringstein hindurch auf das Wassergefäß, und mit Blick auf ihr Spiegelbild hob er zu prophezeien an.

Nun ging es wieder einmal auf Weihnachten zu, und er mußte allmählich an die Reise denken. Am Morgen des Tages des heiligen Thomas suchte ich ihn in seiner kleinen Schlafkammer an der Hinterseite unserer Hütte auf, wo er hinter zugezogenen Vorhängen ruhte. Draußen schneite es.

»Nein, Melior«, sagte er, »dieses Jahr will ich nicht nach Avebury gehen. Weshalb sollte ich? Ich bin zu alt.« Er hustete – ich aber, der ich ihn schon lange kannte, wußte, daß der Husten vorgetäuscht war. Er war zwar ein wundervoller Mensch, bisweilen aber ebenso anstrengend und schwierig wie jeder andere Alte auch.

»Bis jetzt wart Ihr jedesmal dort, Meister«, entgegnete ich.

»Ich weiß, ich weiß – aber die Zeiten ändern sich, Melior, und vielleicht werde ich ja nicht mehr gebraucht.«

»So dürft Ihr nicht reden, Meister.«

»Ach, aber ich tu's. Artus braucht mich nicht mehr, sein Hof braucht mich nicht mehr. Die wollen einen jüngeren Magier haben.« Und er krümmte sich zusammen in seinem Bett.

»Seid Ihr krank, Meister?« fragte ich.

»Ja – nein – doch, ja. Ziemlich krank und alt, alt, alt. Es schneit – was hat da ein alter Bursche wie ich dort draußen verloren? Es ist kalt, und hier habe ich es behaglich. Bring mir eine Schüssel Suppe und meinen Platon, und dann laß mich in Frieden.«

»Dann ist der Ritus des Ringsteins also nicht mehr wichtig?« wagte ich zu fragen.

»Nicht mehr wichtig? Doch, doch, natürlich ist er noch wichtig – aber dieses Jahr kann ich nicht hingehen, wie ich dir sage, und ich werde nicht hingehen. Gewiß ist er wichtig, aber dieses Zeitalter schätzt die Magie nicht mehr. Dann sollen sie halt ohne sie auskommen.«

»Wollt Ihr denn nicht jemanden als Ersatz schicken, Meister?«

»Wen soll ich denn schicken, Herrgott noch mal? Sei kein Narr, Melior.« Und er packte den dreibeinigen Schemel, der neben dem Bett stand, und drohte, ihn nach mir zu werfen. Auf mich wirkte er weder krank noch alt. Andererseits hielt ich es für ratsam, ihm seinen Willen zu lassen. Daher brachte ich ihm die Suppe und seinen Platon und ließ ihn in Frieden.

Den ganzen Tag über schneite es heftig, und als ich ihn zur Nachtruhe fertigmachte – er spielte nämlich noch immer den Gebrechlichen –, schaute er finster drein, schimpfte leise vor sich hin und wiederholte, daß er nicht hingehen werde, obwohl ich gar nichts mehr gesagt hatte. Offenbar haderte er mit sich. Alle kleinen Verstimmungen, jeglicher Groll, den er gegen Artus und dessen Ritter hegen mochte, wurden hervorgeholt und kommentiert. Das sah ihm gar nicht ähnlich, denn bislang hatte ich ihn noch nie grollend oder boshaft erlebt. Doch anscheinend wollte er sich beweisen, daß er an Artus' Hof nicht mehr erwünscht sei.

»Ich bin ein alter Mann, alt, alt, alt«, beharrte er. »Es wird Zeit, daß ich sterbe. Ich habe schon zu lange gelebt. Laß mich abtreten und meiner Nimue Gesellschaft leisten – wie lange wird es noch dauern, bis sie mich holen kommt?« Von Nimue hatte er noch nie gesprochen, und ich fragte mich, wer sie wohl war.

»Und jetzt – blas das Licht aus und laß mich allein«, schloß er. »Ich – werde – nicht – gehen.« Und mit dem letzten Wort zog er die Bettvorhänge zu.

Doch noch ehe das Morgenlicht des nächsten Tages am Himmel schimmerte, erwachte ich in der kalten Dunkelheit mit einem jähen Schreck und erblickte Merlin mit einer Laterne in der Hand.

»Steh auf, Melior – steh auf, mein Junge, und spute dich. Wir müssen aufbrechen.«

»Aber wohin, Meister?« stammelte ich schlaftrunken.

»Natürlich nach Avebury. Wir haben keine Zeit zu verlieren.«

Ich rappelte mich aus dem Bett auf und kleidete mich mit unbeholfener Eile an, die Hände zitternd vor Kälte. Er aber zitterte nicht – vielmehr blitzten seine Augen vor Erregung.

»Mach nicht so ein verdutztes Gesicht, mein lieber Melior«, sagte er. »Ja, sicher, ich habe gesagt, ich wolle nicht hingehen, aber da ist etwas – es ist mir in der Nacht bewußt geworden. Vielleicht hat es hiermit zu tun«, und er berührte den geheimnisvollen Schlangenstein, den er um den Hals trug. »Ich weiß nicht, was es ist, aber ich muß hingehen. Komm, laß uns so rasch wie möglich aufbrechen.«

Für den Fußmarsch nach Avebury brauchten wir für gewöhnlich fast zwei Tage, diesmal aber brachen wir spät auf und mußten uns beeilen. Es schneite heftig, und ein kalter Wind wehte uns entgegen, als wollte er uns zurückschieben. Wenngleich Merlin zielstrebig und mit frischer Kraft begonnen hatte, so fragte ich mich, ob er nicht doch krank sei, denn er mühte sich ab, geriet immer wieder ins Stolpern und stützte sich schwer bei mir auf. Einen Teil des Wegs ritt er auf unserem Packesel, und ich schleppte dessen Last; allmählich dachte ich, ob er nicht doch besser zu Hause geblieben wäre. Wir übernachteten in der Hütte eines Schäfers. Am nächsten Tag hatte sich der kalte Wind gelegt, und der

Schneefall hatte aufgehört. Der Schnee lag als dicke, funkelnde Decke unter dem kalten Himmel. Es war Heiligabend, und Merlin eilte weiter, nur ungern bereit, einmal eine Rast einzulegen, schweigsam, den Blick in die Ferne gerichtet. Am Abend erreichten wir Avebury und wurden von den beiden alten Kuldeermönchen begrüßt, die dort lebten – Einsiedler nannte man sie, doch wie Merlin waren sie Priester eines älteren Ordens. Sie hießen uns freundlich willkommen und beherbergten uns des Nachts, und am Morgen begleiteten sie uns zu den Großen Steinen.

Wir brachen in der Morgendämmerung auf, und einer der Mönche leuchtete uns mit der Laterne. Der dunkelnde Schnee erhellte die Dunkelheit, und im Osten brach bereits ein schwacher Schimmer durch die Wolken. Merlin war wie wir alle mit einem weißen Gewand bekleidet, und wir hatten die Kapuzen übergestreift; Merlins Kapuze aber schmückte über der Stirn das Symbol der Drei Lichtstrahlen, und auf seiner Brust, unterhalb des Barts, funkelte der Schlangenstein. Er hielt den Hirtenstab in der Hand sowie ein Büschel geweihter Mistelzweige.

Wortlos stapften wir die Steinallee entlang – im Vergleich zum Schnee wirkten die riesigen Steine sehr schwarz. Schließlich gelangten wir zu der Stelle innerhalb des Kreises von Sonne und Mond, wo die Ringsteine standen, jeweils mit einer kreisförmigen Öffnung versehen, um die Sonnenstrahlen hindurchzulassen. Ich hatte einen Krug mit Wasser und eine Schüssel dabei und der zweite Mönch Räucherwerk; und nachdem wir die Reinigung mit Wasser und Feuer vollzogen und nach altem Brauch die Mistelzweige dargeboten hatten, füllte ich die Schüssel mit Wasser und stellte sie auf einen niedrigen Stein, woraufhin wir alle warteten.

Schließlich ging die Sonne auf, wie brennender Bernstein, und ein langer, roter Lichtstrahl fiel durch die Öffnung des Ringsteins auf das spiegelnde Wasser in der Schüssel. Merlin schaute sehr ernst drein. Und dann wurde die Sonne von Wolken verdeckt, der schwache Schimmer verblaßte, und Merlin schreckte zusammen, als sei der Bann plötzlich gebrochen. Er war blaß geworden.

»Laßt uns den Ritus vollenden«, sagte er leise, und wir vollzogen den Ritus nach altem Brauch, ohne etwas auszulassen. Erst als wir den Kreis in feierlicher Prozession hinter uns gelassen hatten und wir außerhalb des heiligen Bezirkes angelangt waren, faßte er mich beim Arm und wandte sich an unsere beiden freundlichen Gastgeber.

»Ich habe es gewußt – es gibt Ärger, und ich muß sogleich aufbrechen. Brüder, es tut mir leid – ich hätte gern an Eurem Fest teilgenommen, aber wir müssen sofort los. Es droht Gefahr – im Licht des Wassers habe ich Gefahr erblickt. Gefahr für Artus und die Tafelrunde und für das ganze heutige und künftige Britannien. Ich muß sofort aufbrechen, wenn ich noch rechtzeitig eintreffen will.«

»Wo wollt Ihr hin, ehrwürdiger Vater?« fragte einer der Mönche. Merlin blickte leicht verwirrt von einem zum anderen.

»Nun, nun – im Augenblick vermag ich noch nicht zu sagen, woher die Gefahr droht, denn jemand verdeckt mir die Sicht und verbirgt vor mir den Ort. Aber wenn wir nichts wissen, gibt es nur einen Ort, der uns stellvertretend für jeden beliebigen Ort zu handeln erlaubt.«

»Nach Camelot, Meister?« fragte ich.

»Nein, nein – ins Zentrum der Magie – nach Stonehenge.«

Und so brachen wir noch am selben Morgen nach einem hastigen Frühstück nach Stonenhenge auf, das wir in drei Tagen zu erreichen hofften.

Die Nacht verbrachten wir in einem kleinen Landgasthof, wo wir recht gut unterkamen. Als wir uns am Morgen zum Aufbruch anschickten, näherte sich uns über die Straße ein hochgewachsener, dunkelhäutiger Mann in einem schwarzen Gelehrtengewand.

»Ich grüße Euch«, sagte er und verneigte sich fast bis auf den Boden. »Habe ich es mit Merlin zu tun, dem großen Seher Britanniens, genannt Ambrosius? Wenn ja, dann ist es mir eine große Ehre.«

»Ich bin Merlin Ambrosius von Britannien, verehrter Herr. Darf ich mich nach Eurem Namen erkundigen?«

»Namen«, sagte der Fremde, »sind eine schwierige philosophische Frage. Ich könnte Euch viele Namen nennen, aber wären sie nicht wahr, was würden sie Euch nützen? Wenn ich Euch antwortete, ich sei Pythagoras von Massila oder Empedokles von Sizilien oder Platon von Athen oder gar Abares von Gaul, der von Britannien aus bis nach Konstantinopel reiste – was würdet Ihr dann sagen?«

»Ich würde Euch fragen, ob Ihr wirklich seid«, antwortete mein Meister.

»Ihr würdet fragen, ob ich wirklich bin?« rief der andere mit blitzenden Augen aus. »Aber wer ist wirklich? Was ist wirklich? Ja, was ist überhaupt die Wirklichkeit? Nichts, das wir mit unseren fünf stumpfen Sinnen verstehen könnten.«

»Wohl wahr«, sagte Merlin, sich auf den Stab aufstützend, »doch gleichwohl bedarf die sich dem Begreifen entziehende Wirklichkeit der Vermittlung der Sinne, damit sie dem menschlichen Verstand zugänglich wird ...«

»Meister«, warf ich ein, »wir sollten allmählich aufbrechen.«

»Gleich, mein braver Melior – aber, Sir, wenn nicht unsere Sinne der Weg zum Begreifen der Wirklichkeit sind ...«

»Das sind sie nicht«, erwiderte der andere lächelnd, »denn wie könnte das Fehlbare der Weg zum Vollkommenen und Ewigen sein? Denn die Wirklichkeit, das werdet Ihr wohl zugeben, ist das, was vollkommen und ewig ist; wenn Ihr mich daher fragt, ob ich wirklich bin, kann ich in meiner fleischlichen Hülle nur mit Nein antworten; das gleiche gilt für Euch, der Ihr ebenfalls in Fleisch gehüllt seid.«

»Meister ...«, sagte ich, aber er schüttelte mich ab.

»Mein lieber Herr, tretet doch für einen Augenblick mit mir in den Gasthof. Melior, warte ein Weilchen ... Kommt mit, Sir ...«

Und ehe ich ihn daran hindern konnte, eilte er auch schon hinweg, in eine angeregte Unterhaltung mit dem Fremden vertieft, dessen Beredsamkeit und Scharfsinn ihn in den Bann geschlagen hatten. Zu Mittag brachte ihnen der Wirt zu essen und zu trinken, und sie verspeisten die Mahlzeit, ohne hinzuschauen – das heißt, Merlin verspeiste sie, denn der Fremde aß nichts. Der kurze Nachmittag verstrich, und ich nahm dem Esel die Last ab und stellte sie wieder in die Ecke beim Rauchfang. Sie redeten die ganze Nacht lang – und auch noch am nächsten Tag – und am übernächsten. Drei Tage waren seit Weihnachten vergangen, und am Morgen des vierten Tages drängte ich mich, mag sein ein wenig grob, vor den Meister. Ich hatte die Satteltaschen gepackt und aufgeladen, die Rechnung beglichen und den Stab in der Hand.

»Meister«, sagte ich beschwörend, »wir müssen aufbrechen.«

In dem Winkel am Kamin, wo er und der Fremde beieinandersaßen, mit den Fingern aufeinander zeigten und auf den Tisch hämmerten, schaute er mit trüben Augen hoch.

»Häh? Was ist?« fragte er wie ein Schlafwandler, als ich ihn beim Arm faßte und aus der Tür hinausführte. Der Fremde folgte uns.

»Meister – habt Ihr nicht ein wichtigeres Anliegen?«

»Ein Anliegen? Was für ein Anliegen?«

»Aber«, platzte ich heraus, »Ihr habt doch gesagt, es gäbe etwas von solcher Wichtigkeit, daß es nicht den kleinsten Aufschub duldete – etwas, das Ihr in Avebury gesehen habt ...«

Er blinzelte in den Sonnenschein. »Ich erinnere mich nicht mehr.« Dann fuhr er sich über die Stirn. »Welchen Tag haben wir?«

»Welchen Tag?« rief der Fremde, an uns herantretend. »Ich solltet besser fragen, was ist die Zeit? Wißt Ihr es, Meister Merlin? Nein. Weiß ich es? Mag sein.«

Merlin wandte sich zu ihm um, und der Fremde packte ihn beim Ärmel.

»Denn die Zeit ist nicht das, wofür Ihr sie haltet. Ach, geht nicht fort. Hört mir zu – gewährt mir noch zehn Minuten – pah! was reden wir von Minuten? Was sind Minuten? – wartet nur, dann sage ich Euch, was die Zeit ist ...«

Ich wußte, wenn ich nicht drastische Maßnahmen ergriff, würde ich ihn niemals loseisen können; daher (man verzeihe mir die Grausamkeit, denn ohne Not würde ich dergleichen nie tun) hob ich einen spitzen Nagel von der Straße auf und rammte ihn unserem Esel ins Hinterteil.

Das arme Tier rannte schreiend die Straße entlang und von der Straße ins Heidekraut, und dann verschwand es außer Sicht. Ich zerrte an Merlins anderem Ärmel und deutete mit dem Finger.

»Der Esel, Meister, der Esel!« rief ich.

»Laß ihn«, antwortete er. »Wir kaufen uns einen neuen.«

»Aber in den Satteltaschen ist Euer Platon!« schrie ich ihn an. Das endlich wirkte.

»Mein Platon! Ach, mein geliebter Platon!« Und er befreite sich aus der Umklammerung des Fremden und rannte dem Esel nach, und ich hinterdrein. Nach etwa zehnminütigem Laufen durchs Heidekraut hatten wir den armen Esel eingeholt, der mittlerweile seinen Schrecken vergessen hatte und friedlich das strohige Gras rupfte. Merlin vergewisserte sich, daß der Platon sicher in der Satteltasche verstaut war, tätschelte das arme Tier und setzte sich nieder, um Atem zu schöpfen. Der Gasthof und der Fremde waren nicht mehr zu sehen, und der Bann war gebrochen. Ich ließ ihn zu Atem kommen, dann sagte ich: »Aber jetzt, Meister, sollten wir uns endlich auf den Weg machen.«

»Wie? Wohin denn? ... Oh, ja, allmählich fällt es mir wieder ein. Ja, haben wir uns denn so lange unterhalten?«

»Drei ganze Tage lang«, sagte ich. Er machte große Augen.

»Nein. Ich hätte wirklich gedacht, es sei bloß eine halbe Stunde gewesen. Und das, ohne zu essen und zu trinken?«

»Nicht ganz. Ich habe Euch vom Wirt versorgen lassen, doch anscheinend habt Ihr es gar nicht bemerkt.«

»Das habe ich auch nicht – und der Fremde?«

»Er hat weder gegessen noch getrunken.«

»Tatsächlich? Also, das ist sehr seltsam.« Er wurde nachdenklich. »Glaubst du, er war wirklich?«

»Ach, um Himmels willen!« rief ich, »jetzt fangt nicht schon wieder an, über die Wirklichkeit zu reden, Meister –

Ihr habt eine Aufgabe zu erfüllen. Eine Aufgabe von solcher Wichtigkeit, daß keine Minute zu verlieren war – und jetzt habt Ihr drei Tage verloren.«

»Allmächtiger!« sagte er. »Dieser Mann hat mich dazu gebracht, alles zu vergessen – Melior, Melior, stell dir nur vor – er hat mich dazu gebracht, alles zu vergessen, drei Tage währten in seiner Gesellschaft bloß eine halbe Stunde, und er hat weder gegessen noch getrunken. Und wenn er nun eine Täuschung des Bösen war?«

»Glaubt Ihr wirklich?« sagte ich. »Ach, Meister, laßt uns eilen.«

»Aber ich weiß nicht mehr, wohin wir wollten«, meinte er hilflos.

»Nach Stonehenge«, rief ich ihm ins Gedächtnis.

»Nach Stonehenge? Aber was wollten wir dort?«

»Ich weiß es nicht«, antwortete ich. »Ihr habt es mir nicht gesagt.«

Er stöhnte gequält, ließ den Kopf hängen und schlug sich mit der flachen Hand gegen die Stirn.

»Was bin ich doch für ein jämmerlicher alter Mann! Ich habe alles, alles vergessen – ich weiß bloß noch, daß eine schreckliche Gefahr droht und daß die Zukunft Britanniens davon abhängt – und jetzt ist mir alles, alles entfallen. Hat sich verflüchtigt wie ein Traum, an den man sich nicht mehr erinnern kann. Ausgelöscht durch eine Täuschung des Täuschers.« Er legte den Kopf auf die Knie und weinte eine Weile. Dann sah er mich mit trüben Augen an.

»Melior, mein Sohn – was sollen wir jetzt tun?«

»Wie wär's, wenn Ihr einen Blick in den Schlangenstein werfen würdet, Meister?« sagte ich. Seine Miene hellte sich ein wenig auf.

»Ja, natürlich, der Schlangenstein. Wie konnte ich den nur vergessen? Dieser Mann hat mir wirklich übel mitgespielt – ich bezweifle, daß ich noch das griechische Alphabet aufsagen könnte, vom hebräischen ganz zu schweigen.« Er lachte mit zitternder Stimme.

»Versucht es lieber gar nicht erst«, antwortete ich und half ihm hoch. »Wir sollten uns eine geschützte Mulde suchen und ein Feuer machen, dann könnt Ihr den Schlangenstein zu Rate ziehen.«

»Einverstanden«, meinte er, »und diesmal werde ich dir alles erzählen, damit wenigstens du es im Gedächtnis behältst.«

Nach einigem Umhersuchen stießen wir auf einen mit ein paar Birken bestanden Einschnitt, der uns ein wenig Schutz bot. Dort fand ich ausreichend Holz und Stechginster, um ein Feuer zu entzünden, und wir nahmen eine fleischlose Mahlzeit aus Brot, Käse und Ale ein. Nachdem ich es Merlin am Feuer so bequem wie möglich gemacht hatte, setzte ich mich schweigend neben ihn. Er holte den Schlangenstein hervor, löste die Halskette und legte sich den Stein auf die flache Hand. Ich warf einen Blick darauf. Es handelte sich um eine große Glaskugel, größer als ein Tauben- und kleiner als ein Hühnerei, vollkommen rund, von trüber grüner Farbe, mit weißen und blauen Schlieren im Innern. Er fixierte den Stein längere Zeit. Dann stimmte er leise und monoton den Gesang der Weisen an, indem er jedes Wort ein ums andere Mal wiederholte. Schließlich verstummte er, als sei er eingeschlafen, doch seine Augen waren geöffnet.

»Ich sehe etwas«, sagte er bedächtig. »Einen Mann und eine Frau – einen Ritter und eine Lady. Er reitet vor, und sie folgt ihm nach – weshalb blickt er sich nicht nach ihr um? Sie ist verschleiert, ich kann ihr Gesicht nicht erkennen. Warum ist sie verschleiert? Sie ist keine Witwe und auch keine Nonne. Sie ist eine Jungfer, makellos und schön, doch ihr Gesicht kann ich nicht erkennen. Ihn kenne ich, aber wer ist die Frau? – Sie reiten einer Gefahr entgegen. Sie reiten in den Tod. Ein Schwert wartet auf sie, ein langes, scharfes Schwert, das ihrer beider Herzen durchbohren wird – und schlimmer noch, schlimmer noch ...« Sein monotoner Tonfall beschleunigte sich vor Erregung – »Ach, viel schlimmer – das Schwert soll tief in unser Land eindringen – es zielt nicht nur auf die Gegenwart, sondern weit in die Zukunft ... Ah, die Lady wendet sich um, sie hebt den Schleier. Ich sehe, wer sie ist ... Mein Gott!« Er schrie laut auf, und dann stöhnte er, als sei er verletzt.

»Ach, Vivian, Blaisine, Nimue ... Ach, meine verlorenen Lieblinge!« Er ließ den Stein fallen und lehnte sich zurück; ich stützte ihn, sonst wäre er gestürzt. Seine Augen waren gerötet, und er zitterte. Nach einer Weile faßte er sich wieder, hob den Stein auf, befestigte ihn an der Halskette und rückte näher ans Feuer, das ich mit Zweigen nährte. Schließlich sprach er mich an.

»Ich habe gesagt, ich würde dir alles offenbaren, Melior, damit du mich erinnern kannst, sollte ich es vergessen. Wie du sagtest, sollten wir nach Stonehenge reiten und uns dort mit dem Mann und der Frau treffen, die ich im Stein erblickt habe und die in großer Gefahr schweben. Der Mann ist einer der besten von Artus' Rittern der zweiten Generation, sein derzeitiger Favorit; die Lady aber ...

Bedenke dies, Melior. Wir Männer übertragen unseren Namen auf unsere Nachkommenden und vererben ihn vom

Vater auf den Sohn. Wir nehmen der Frau ihren Namen und geben ihr statt dessen den unseren, und ihr Name und ihr Geschlecht geraten in Vergessenheit. Wenn ein Mann keinen Sohn hat – und ich habe keinen Sohn, Melior – erlischt der Name, und das Geschlecht stirbt aus. Die Abstammungslinie der Mutter aber, ach! die Linie der Mutter! Die führt im Geheimen, im Verborgenen weiter – denn die Abstammung nimmt nicht nur den Weg vom Vater zum Sohn, sondern auch von der Mutter zur Tochter, vom Vater zur Tochter, von der Mutter zum Sohn. Und so breitet sich die Linie der Mutter unbemerkt immer weiter aus und mit ihr alle Schätze des Mutterbluts, während die Linie des Vaters, die den Namen trägt, längst gekappt und versiegt ist.

Dies ist nun eine Frage der Genealogie, und es ist mir bestimmt, die Abstammungen zu sehen, die Wirklichkeit werden können, wie auch die, die es nicht werden können, sowie den Punkt, das des Messers Schneide Sein von Nichtsein trennt. Artus hat keinen legitimen Sohn, und ich weiß, daß er auch keinen mehr bekommen wird – und Gott hat nicht gewollt, daß sein Erbe an Mordred übergeht. Doch er hat eine Tochter, und niemand wird sich in Zukunft noch an ihren Namen erinnern oder wird wissen, daß er überhaupt eine Tochter hatte. Doch der Sohn, den die beiden haben sollten, die ich in der Vision erblickt habe, sollte sie heiraten, und diesem Geschlecht sollten zwar keine Könige, aber einige Königinnen und Nichtadlige ohne Zahl entspringen, über die Linie der Mutter verknüpft durch die Zeitalter, auf daß sie bis in ferne Zukunft die Nerven und Sehnen Britanniens wären, dieses unseres Landes. Sie alle – ich sehe sie vor mir, ein silbernes Geflecht, das den Körper unseres Landes durchwirkt –, sie alle ausgestattet mit einer besonderen Gabe, einem inneren Licht, einer hohen Berufung, welche Britannien zu dem machen wird, was es sein soll. Jedoch nur dann, wenn es diesen beiden gestattet wird, weiterzuleben und einander zu lieben.

Bis jetzt, Melior, habe ich dir noch nicht gesagt, wer diese Lady ist. Ich werde es dir sagen – und sollte ich aus welchem Grund auch immer scheitern und solltest du überleben, mußt du zu ihr gehen und sie unter Einsatz deines Lebens beschützen. Sie heißt Vivian und ist das Kind Blaisines, meiner Tochter, die das Kind Nimues war, welche ich liebte. Sie ist meine Enkelin, Melior.

»Du siehst also«, schloß er in verändertem Ton, sich erhebend, »ich muß auf schnellstem Wege zu ihr. Pack die Sachen und laß uns aufbrechen, und dann soll uns niemand mehr aufhalten.«

Ich packte alles so rasch wie möglich zusammen.

»Aber erklärt mir eins, Meister«, sagte ich, während meine Hände beschäftigt waren, »wer ist der Gegner, der die Lady und den Ritter bedroht?«

Er sah mich an, als hätte ich es wissen müssen.

»Na, der Täuscher in Person – Morgana le Faye, die Königin aller Täuscher. Sie würde die Herrscherin Britanniens werden und die Eiche Artus, welche ansonsten die Zeiten überdauern würde, schon mit dem Samenkorn ausrotten, wenn – wenn – ach, laß uns eilen.«

Und so faßten wir unter dem dämmernden Januarhimmel unsere Wanderstäbe, ich ergriff die Zügel des Esels, und wir brachen auf. Unsere Flucht von der Tür des Gasthofs hatte uns jedoch weit vom Weg abgebracht, und in der

Heide waren keinerlei Pfade zu erkennen. Merlin bestimmte die Richtung anhand des schwachen Scheins der untergehenden Sonne und wandte sich gen Süden; wir stießen aber bloß auf trügerische Pfade von Schafen und Ziegen, nicht aber auf Wege von Menschen, und die Pfade, denen wir folgten, führten uns in schreckliche Moore, wo unsere Stäbe einsanken und vom gierigen Morast eingesaugt wurden, so daß wir sie kaum mehr hervorzuziehen vermochten. Wir mußten ausweichen und kamen immer weiter vom Weg ab, bis wir nach Einbruch der Dunkelheit endlich die Lichter eines einsamen Gehöfts sahen, das jedoch weiter entfernt war, als wir zunächst vermutet hatten. Es blieb uns nichts anderes übrig, als an der Feuerstelle des Bauern zu nächtigen. Er meinte, wir könnten von Glück sagen, daß wir vom Morast nicht verschluckt worden seien.

Am nächsten Morgen eilten wir weiter, der Bauer wies uns einen verläßlichen Weg, und eigentlich hätten wir Stonehenge bis zum Abend erreichen sollen. Doch gegen Mittag gelangten wir zu einem Dorf, aus dem uns ein nicht nur widerlicher, sondern auch furchteinflößender Gestank entgegenschlug, der uns Gefahr wittern ließ – der Gestank der Pestilenz.

Zu Merlin sagte ich. »Ich glaube, Meister, wir sollten diesen Ort umgehen und sicheren Abstand zu ihm halten«, doch in diesem Augenblick kamen ein halbes Dutzend Leute hinter der Dorfmauer hervorgelaufen – hauptsächlich Frauen, vermummt in zerlumpte Kleider, das Haar wirr und feucht, manche wehklagend und mit Kindern auf dem Arm. Eine der Frauen, die ein einjähriges Kind in ihren Armen hielt, fiel vor Merlin auf die Knie nieder.

»Ach, guter Herr«, rief sie, »so wie Ihr gekleidet seid, müßt Ihr ein Heiler sein. Helft uns in Gottes Namen! Das ist die Pest – drei Kinder und fünf Männer sind bereits tot, und wir wissen nicht, was wir tun sollen – mein Kind ist krank, und ach! lieber Heiler, im Namen der Muttergottes ...« Tränen strömten ihr übers blasse, verhärmte Gesicht, und das Kind in ihren Armen hustete.

Merlin schlug die Lumpen auseinander und besah sich das Kind.

»Was ist das für eine Krankheit?«

»Ach, Meister«, sagte ich, »wir dürfen nicht verweilen. Das habt Ihr selbst gesagt.« Er schüttelte meine Hand ab. »Mir scheint, wir werden hier gebraucht.«

»Aber wenn das auch wieder bloß eine Täuschung ist, dazu gedacht, uns aufzuhalten?«

Er wandte sich zu mir um und schaute mich ernst an.

»Hier sterben Kinder«, sagte er, das war alles. Er begleitete die Frau ins Dorf, und mir blieb nichts anderes übrig, als ihm zu folgen.

Es war nicht die Pest in ihrer schlimmsten Ausprägung – keine schwarzen Beulen, sondern bloß Schweißausbrüche und Fieber – aber jede Krankheit ist schlimm, wenn sie zum Tode führt, und der Tod von Kindern ist am schlimmsten. Das Dorf hatte etwa zweihundert Einwohner, und über die Hälfte war erkrankt; zehn waren in der Nacht zuvor gestorben, und das ganze Dorf war in panischer Angst. Merlin übernahm sogleich das Kommando und tat, was nötig war. Im Grunde war die Krankheit nicht schwer zu heilen, wenn die Leute sich nur mit Sorgfalt und Vernunft gegenseitig pflegten; aber wenn sie fiebernd umherrannten und nichts aßen, weil niemand sich ihrer annahm, und sich überanstrengten und verkühlten – dann starben sie rasch und fielen bisweilen neben dem Bett des Kranken, um dessen Pflege sie bemüht waren, tot um. Das Dorf war schmutzig, was nicht verwunderte, denn Schmutz fördert die Verbreitung der Pestilenz. Als erstes sammelte Merlin alle Gesunden um sich und wies sie an, die Kranken zu versorgen. Er ließ sie antreten wie eine kleine Armee und befahl ihnen sauberzumachen, zu waschen und zu kochen und sich der Bedürftigen anzunehmen. Denn obschon er bisweilen ein alter Träumer war, so vermochte er sich in einem solchen Notfall doch aufzuraffen, zu planen und zu kommandieren wie ein Anführer; und die Menschen gehorchten ihm stets. Magie setzte er keine ein; denn dazu bestand kein Anlaß. Die Leute brauchten eigentlich bloß jemanden, der ihnen sagte, was sie tun sollten. Ein paar ließ er im Moor Kräuter sammeln, aus denen er Arzneien herstellte; vielleicht verwandte er ja darauf ein wenig Magie. Bisweilen aber stellte er sich an ein Krankenbett, zumal wenn es sich um ein Kind handelte, und ließ die Kraft aus seinen Fingern in den Körper des Kranken einfließen; seine Heilkraft war groß, doch Merlin wurde davon sehr müde, und nach einer Weile hatte es eine verheerende Wirkung auf ihn.

Zehn Tage verstrichen. Nach jener ersten Nacht starben keine Kinder mehr, bloß noch ein altes Weib. Alle Dorfbewohner erkrankten nacheinander, doch sie erholten sich wieder und faßten Mut, als sie sahen, daß andere bereits genesen waren. Als es am elften Tag unseres Aufenthalts den Anschein hatte, als flaue die Pest ab, trat ich in die kleine Hütte, welche man uns zugewiesen hatte, und fand Merlin auf dem Schlaflager hockend vor, zitternd und mit den Zähnen klappernd.

»Ich habe mich angesteckt«, sagte er. »Es hat keinen Sinn. Ich bin am Ende, Melior, aber mach dir meinetwegen keine Gedanken. Du mußt nach Stonehenge gehen.« Er erschauerte krampfartig und hielt einen Moment inne. »Ist dir eigentlich bewußt, daß wir bereits den fünfzehnten Tag des Monats haben und bis Lichtmeß dort sein sollten? Pack deine Sachen und mach dich gleich auf den Weg.«

»Und Euch soll ich in dem Zustand allein lassen?« wandte ich ein. »Niemals!«

»Ach, sei kein Narr. Die Dorfweiber werden mich pflegen – Gwennath, oder Huws Frau.«

»Ich traue weder Gwennath noch Huws Frau, noch sonst einer von denen«, sagte ich. »Bevor Ihr kamt, haben sie nicht viel Gutes bewirkt. Es tut mir leid, und ich weiß, daß ich ungehorsam bin, verehrter Meister, aber ich bleibe hier.«

Er war zu krank, um sich mit mir zu streiten, und sagte nichts mehr, sondern schien zu dösen. Ich ließ die Dorfweiber kommen und gab ihnen Anweisungen, wie er es getan hätte, damit ich das Benötigte bekam, doch ich pflegte ihn selbst und wachte bei ihm vier Tage und Nächte lang, bis das Fieber nachließ. Als er am Morgen des fünften Tages munter und hungrig, wenn auch noch sehr schwach erwachte, da ließ ich doch tatsächlich die Schüssel fallen, die ich in Händen hielt, und sank vor seinem Lager auf den Boden nieder, denn ich hatte das Gefühl, die Hütte drehe sich um mich. Kurz darauf fand ich mich im Bett wieder, und Merlin sah auf mich herab.

»Brecht jetzt auf, Meister«, krächzte ich, denn ich bekam kaum Luft. »Wartet nicht auf mich. Die Zeit wird knapp – Ihr müßt nach Stonehenge gehen. Laßt mich hier.«

»Was wäre ich für ein Meister, wenn ich dies täte?« erwiderte er.

So lag ich da und war mir nur undeutlich bewußt, daß er mich auf die gleiche Weise pflegte wie zuvor ich ihn. In der ersten schrecklichen Fiebernacht, da ich keinen Schlaf fand, gewiß aber auch nicht wach war, meinte ich, eine hochgewachsene, stolze Frau von teuflischer Schönheit zu sehen, die uns beide anschaute und sich dabei vor Lachen ausschüttete. Ich weiß noch, daß sie die Maske eines alten Mannes in Händen hielt.

Schließlich tauchte ich aus dem Nebel wieder hervor. Merlin saß neben mir im grauen Licht der Morgendämmerung, hielt meine Hand und ließ Kraft in mich einfließen.

»Meister!« rief ich. »Die Zeit verstreicht – wir müssen aufbrechen. Welchen Tag haben wir heute?«

»Den zwanzigsten des Monats«, antwortete er und drückte mich aufs Lager nieder, als ich mich aufrichten wollte. »Nein, bleib liegen, mein Junge. Du bist noch zu schwach, und ich bin ebenfalls nicht allzu rüstig. Wenn wir noch fünf Tage hier bleiben, reicht die Zeit noch immer aus.«

»Fünf Tage?« erwiderte ich heftig. »Ich habe geglaubt, wir hätten keine Zeit mehr zu verlieren …«

»Wenn wir unterwegs zusammenbrechen, ist niemandem geholfen«, sagte er. »Bleib liegen, ruh dich aus und mach dir keine Sorgen.«

Mir blieb nichts anderes übrig, als zu gehorchen.

Die Dorfbewohner waren überschwenglich dankbar und hilfsbereit; mich aber bedrückte der Gedanke, unser Feind könnte die Plage heraufbeschworen haben, um uns aufzuhalten, und ich ertrug es nicht, an den Gräbern der Verstorbenen vorbeizugehen. Die Überlebenden aber genasen allmählich wieder, und am achtundzwanzigsten Tag des Januars brachen Merlin und ich wieder auf.

Wir waren weit vom Weg abgekommen, und seit wir im Pestdorf angelangt waren, hatte es heftig geregnet, und manche Orte waren überflutet und unpassierbar, wie man uns sagte, so daß wir einen großen Umweg machen mußten. Gleichwohl sollten wir die Ebene in höchstens zwei Tagen überquert haben.

»Morgen abend sind wir da, falls nichts dazwischenkommt«, sagte Merlin.

»Falls nichts dazwischenkommt!« wiederholte ich.

Im nächsten Moment näherte sich uns von Norden her die schwärzeste und gewaltigste aller Wolken, hoch aufragend in den Himmel wie eine Burg und bis zu den Hügeln hinabreichend – schieferfarben und alles hinter sich auslöschend. Sie fegte über uns hinweg wie schwarze Schwingen und brachte Schnee mit sich, dicke, windgepeitschte Flocken, die uns ins Gesicht klatschten, bis wir kaum noch Luft bekamen. Wir rafften die Umhänge fester zusammen und mummten uns so dicht wie möglich ein, denn der Sturm drang in jedes Löchlein, und der Schnee fand seinen Weg in jede Falte. Der arme Esel stand da mit hängendem Kopf und stellte sich dem Wind entgegen, und uns blieb nichts anderes übrig, als ihn weiterzutreiben, und das galt auch für unsere müden Glieder. Wir konnten nicht sprechen und nicht sehen, wohin wir gingen. Wir stemmten uns dem Schnee und dem Wind entgegen, als bohrten wir uns in etwas Festes.

»Meister!« brüllte ich Merlin schließlich ins Ohr, »könntet Ihr nicht ein wenig Magie einsetzen?«

»Was?« schrie er zurück.

»Wäre – es möglich – daß Ihr uns – mit Magie aushelft?«
»Möglich, aber nicht statthaft!« rief er.
»Aber warum denn nicht?«
Er schüttelte den Kopf, und es wäre sinnlos gewesen, mit ihm zu streiten. Wir stapften mühsam weiter, und zu meinem Schrecken stellte ich fest, daß es allmählich dunkel wurde – der kurze Tage endete bereits. Dann auf einmal ließ der Wind nach, der Schneefall hörte auf, und wir fanden uns im Dunkeln inmitten der Hügel wieder, umgeben von weglosen Schneewehen und ohne jede Orientierung. Wir waren bloß zwei kleine menschliche Wesen inmitten der weiten Schneenacht, abgeschnitten von allem Leben und aller Hilfe.

Merlin aber faßte mich mit festem Griff beim Arm und deutete voraus. Unterhalb von uns bewegten sich Lichter, und Gebimmel und das Mähen von Schafen drang zu uns herauf, und jemand spielte einen Dudelsack. Schäfer! Es war die Zeit des Lammens, und dort unten lagen die Pferche. Mit frischem Mut setzten wir unsere müden Füße in Bewegung und stolperten auf die Lichter zu.

Wir gelangten zu einem quadratischen, teilweise überdachten Pferch, der mit drei bis vier Fuß tiefem Stroh ausgelegt war; dort lagerten die Schafe mit ihren Lämmern und auch die Schäfer. Sie waren zu zweit und hatten eine kleine Laterne; zwar hatten sie kein Feuer, doch die eigene Körperwärme sowie die der Schafe hielt sie mitten im Schnee warm. Die Männer hatten sich eingegraben und dicht an die Schafe geschmiegt, welche die Köpfe ins Stroh steckten; hin und wieder kam einer hervorgekrochen, um bei der Geburt eines Lamms zu helfen. Wenn nichts zu tun war, spielten sie zum Zeitvertreib Dudelsack.

Sie waren freundlich wie alle Schäfer und hießen uns mit viel Verständnis für unsere Notlage willkommen. Schon bald kuschelten auch wir uns ins warme Stroh, jeweils Rükken an Rücken mit einem großen, wolligen Mutterschaf, das so behaglich war wie ein Federbett. Die Schäfer hatten eine Flasche mit einem wundervollen Stärkungsmittel dabei, das, wie sie sagten, Eier, Rahm, Zitronen, Honig und kräftige Wässerchen enthielt.

»Das nennt man König Artus' Ambrosia«, sagten sie, als wir uns dankbar daran labten. »Es heißt, es erwecke Tote wieder zum Leben und mache unfruchtbare Frauen furchtbar.«

»Ob König Artus nun davon weiß oder nicht«, meinte Merlin lächelnd, »aber das ist ein edles Gebräu, und noch nie hat mich etwas so erfreut.« Kaum hatte er dies gesagt, war er auch schon eingeschlafen, und gleich darauf schlief auch ich.

Als wir erwachten, war es noch immer dunkel, daher meinten wir, bloß ein paar Stunden geschlafen zu haben. Der Mond schien über dem Schafspferch, und die Schäfer bewegten sich leise umher. Merlin setzte sich auf und rief sie an.

»Wir müssen aufbrechen, Freunde. Tausend Dank für eure Gastfreundschaft. Ich glaube, ihr habt uns das Leben gerettet. Wir haben gut geschlafen.«

»Ja, das glaub ich wohl«, sagte einer der Schäfer und trat unter das Dach. »Tief und fest. Habt's wohl nötig gehabt.«

»Ich glaube, jetzt sind wir stark genug, um Stonehenge noch vor Lichtmeß zu erreichen.«

»Lichtmeß?« meinte der Schäfer. »Dann solltet Ihr Euch aber sputen. Heute ist Lichtmeß, das heißt, sobald die Sonne aufgegangen ist.«

»Was?« rief Merlin heftig. »Aber das kann doch nicht sein – Mann, heute haben wir doch den letzten Tag des Januar, oder etwa nicht?«

»Wir hatten den letzten Tag des Januars, als Ihr zu uns gekommen seid«, meinte der Schäfer grinsend im Laternenschein. »Aber Ihr habt den ganzen Tag verschlafen, versteht Ihr, bis der erste Februar – der Dienstag – vorbei war, und jetzt geht's auf Mittwochmorgen zu, den zweiten Februar, also Lichtmeß, möcht' ich meinen ...«

»Ach, lieber Gott im Himmel!« rief Merlin. »Wir werden zu spät kommen – rasch, Melior, rasch ...«

Er stolperte in den Schnee hinaus, und ich folgte ihm. Während ich nach dem Esel tastete und unsere paar Habseligkeiten aufsammelte, drückte er dem Schäfer einige Münzen in die Hand.

»Keinen Penny, Sir, keinen Penny. Schließlich könnte ich ja auch irgendwann in einer kalten Nacht ein Obdach brauchen. Gebt uns bloß Euren Segen, denn ich sehe, Ihr seid ein heiliger Mann.« Und so gab Merlin ihnen bereitwillig seinen Segen, und als wir zum Weg gefunden hatten, stapften wir im fahlen Licht des Mondes los, noch schlaftrunken, aber angetrieben von der fürchterlichen Angst, zu spät zu kommen.

Als die Schäfer aus unserem Blick verschwunden waren, verdeckte eine Wolke den Mond, und weißer Nebel stieg auf und dampfte aus dem Erdboden hervor, bis die Luft dick und weiß war und wir in der weißen Leere die Orientierung verloren. Wir starrten ins Nichts und klammerten uns aus Angst, uns zu verlieren, aneinander und am Esel an. Schließlich blieben wir stehen, denn wir wußten nicht, wohin wir uns wenden sollten.

»Ach, Meister, wir sind verloren!« rief ich aus, und ein unheimliches Echo antwortete mir: »Verloren, verloren, verloren.«

»Unsinn, wir sind nicht verloren«, fauchte er, doch das Echo sprach ihm Hohn: »Verloren, verloren, verloren.« Dann, als wir weitergehen wollten, fiel uns eine weitere Merkwürdigkeit auf – der Nebel war auf einmal so fest wie eine Wand und drückte uns zurück. Irgend etwas leistete uns Widerstand.

»Das muß wohl Magie sein«, sagte Merlin, doch mit leiser Stimme, um nicht wieder das Echo zu wecken. »Gib den Esel frei – er wird zu den Schäfern zurückgehen, dort ist er in Sicherheit.« Er hob den Stab mit beiden Händen hoch und führte ihn an die Lippen – ich wußte, daß diese Handlung und das Wort, das er dabei sprach, den Wanderstab in einen Zauberstab verwandelten – und er malte mit dem Stab um uns herum einen großen Kreis in den Schnee, und innerhalb des Kreises ein Pentagramm. Dann hob er laut und ehrfurchtgebietend zu sprechen an.

»Wer bist du, der du uns den Weg versperrst?«

Und eine Stimme antwortete aus dem festen Nebel, tief und grollend und fürchterlich.

»Ich werde Bertilak genannt, und mein Name ist ein Name der Gewalt.«

»Woher kommst du?«

»Ich komme aus dem Tiefsten Dessen Was Ist, aus den Tiefen von Annwn, durch die unteren Kreise von Abred. Ich versuche aufzusteigen, vom Tier des Schlamms zum Tier der Hügel, zum niederen Menschen und zum höheren Menschen, werde aber stets wieder nach Annwn hinabgezogen.«

»Wer zieht dich hinab?«

»Die, der ich gehorche.«

»Wer ist sie?«

»Ihr kennt ihren Namen, doch ich darf ihn nicht nennen.«

Die Worte, die Merlin sprach, konnte ich nicht verstehen, doch der weiße Nebel um uns herum färbte sich schwarz, und eine Kälte, die nicht der Winterluft entstammte, sondern etwas viel Schrecklicherem, kroch durch meinen Leib, daß sich mir die Haare sträubten.

Merlin streckte die Rechte mit dem Stab so weit wie möglich aus und malte ein Pentagramm in die Luft, und siehe da! – auf einmal wurde vor dem Hintergrund des sich verfinsternden Nebels eine helle Linie sichtbar.

»Ich befehle dir«, rief er und nannte einige machtvolle Namen, »Bertilak, du unglückliche Seele, komm hervor und zeige dich mir in deiner gegenwärtigen Gestalt.«

Dann vernahm ich das Geräusch schwerer, schlurfender Schritte, und aus dem Nebel tauchte eine riesige Gestalt auf, die so grauenhaft war, daß ich ihren Anblick kaum ertrug.

Sie glich einem aufrecht gehenden Bären, war aber größer als jeder Bär – etwa dreimal so groß wie ein Mensch; schwarz und behaart, die mächtigen, vorgestreckten Pranken bewehrt mit Feuerkrallen. Der Kopf aber war gräßlicher als der eines Bären, denn er hatte Hörner wie ein Stier, und die Schnauze war die eines Ebers, mit gelben, schaumgefleckten Hauern; und aus den Augen, die geschlitzt waren wie die einer Ziege, funkelte tierische Heimtücke, als das Wesen auf uns zugeschlurft kam.

Merlin sprach mir leise ins Ohr.

»Zeig keine Angst, Melior. Du darfst dich nicht rühren.«

Ich bemühte mich, zu gehorchen, wenngleich das Wesen immer näher und näher kam. Es sprach Worte, die aber nicht aus seinem Mund zu kommen schienen.

»Wenn du noch einen Schritt näher kommst, zerreiße ich dich mit meinen Zähnen und Klauen.«

Ich war wie erstarrt, wandte aber den Blick von der entsetzlichen Erscheinung und sah Merlin an. Er rührte sich nicht und hielt den Stab noch immer ausgestreckt. Seine Kapuze war zurückgefallen, und sein weißes Haar leuchtete; und seine Stirn war wie eine unerschütterliche Felswand aus Granit dem Ungeheuer zugewandt.

»Bertilak«, rief er, »unglücklicher Bertilak, sieh mich an!«

Die funkelnden Tieraugen des Wesens begegneten den seinen und verfingen sich darin. Merlin ließ seine große Beschwörung erschallen, und das Echo nahm sie auf.

»Im Namen des Lichts der Lichter, im Namen der Sonne der Sonnen, im Namen der Inneren Flamme, befehle ich dir, Bertilak, dich Seinem Erbarmen und Seiner Gnade anheimzugeben.«

Und siehe da! Die fürchterlichen Augen trübten sich, und rote Tränen quollen hervor; die drohenden Klauen sanken nieder, und das Wesen ließ sich auf alle viere fallen. Es senkte den gehörnten Kopf und legte sich im Schnee zu Merlins Füßen nieder; und so verharrte das gewaltige, furchterregende Wesen in demütiger Haltung, und ich meinte, es weinen zu hören.

»Komm«, sagte Merlin, »das Untier wird uns helfen und uns seine Stärke leihen.« Anscheinend hielt er eine Art Zaumzeug in der Hand, und er bückte sich und streifte es dem Untier über den Kopf und steckte es ihm in sein schauerliches Maul, währenddessen er den Kopf streichelte.

»Komm, armes Wesen«, sagte er, und noch nie hatte ich ihn mit soviel Wärme und Zartgefühl sprechen hören, »deine Buße hat begonnen.«

Angst stieg in mir auf, denn ich sah, daß Merlin auf dem Tier reiten wollte.

»Du brauchst keine Angst zu haben«, ermahnte er mich in strengem Ton. »Sitz auf und reite. Zaudere nicht, sonst kommen wir zu spät.«

Und so kletterte ich am ganzen Leibe zitternd hinter Merlin auf das fürchterliche Wesen und klammerte mich an seinem struppigen schwarzen Fell fest – und im nächsten Moment wurden wir wie im Traum mit unglaublicher Geschwindigkeit durch die Dunkelheit getragen.

Als ich mich umschaute, war der graue, trübe Tag angebrochen, und wir näherten uns Stonehenge. Irgendwie war ich von dem grauenhaften Untier herabgeklettert, und Merlin und ich gingen die lange Steinallee entlang – Merlin rannte beinahe und zerrte mich mit. Plötzlich durchschnitt eine Frauenstimme die Luft, gleich darauf war es wieder still. Merlin rief etwas und eilte weiter.

Als wir den Hang hinaufstiegen, erblickten wir den großen Steinkreis, blaß abgehoben von den schwarzen Wolken, und davor stand aufrecht der mächtige Stein. Hinter diesem Stein stand eine große, verschleierte, schwarzgekleidete Gestalt, die Arme beschwörend erhoben. Zwischen der Gestalt und dem aufrechten Stein lagen auf dem flachen Stein ein Ritter und eine Lady, beide tot, die Herzen durchbohrt von einem langen Schwert.

Das Gesicht des Ritters konnte ich nicht erkennen, denn

das rotgoldene Haar der Frau war darüber gebreitet und verdeckte seine Augen. Ihr Gesicht aber, bleich im Tod, war erstarrt zu einer Grimasse des Entsetzens und der Qual. Sie umklammerte das Schwert, das die beiden im Moment des Todes vereint hatte, und ihr Blut bedeckte den Stein und tropfte auf den Boden.

Ich schreckte zurück, doch mein Meister schritt der schwarzgewandeten Gestalt mit emporgerecktem Stab entgegen. Ich hatte sie zunächst für einen alten Mann mit rotem Bart gehalten – doch als Merlin sich ihr näherte, verwandelte sie sich in eine hochgewachsene Frau von scharf umrissener Gestalt – und ich erbebte, denn es war die gleiche Frau, die ich in meinen Fieberträumen erblickt hatte, und auch diesmal lachte sie wieder. Sie lachte, während Merlin ihr entgegenschritt.

»Nun, mein alter Freund und Verwandter Ambrosius, Ihr kommt zu spät. Das alte Opfer ist vollbracht.«

»Das sehe ich«, sagte er mit versteinerter Miene und trokkenen Augen.

»Ihr solltet froh sein«, spottete sie, »wenn Ihr ein treuer Gefolgsmann König Artus' seid. Denn Artus' Leben ist gerettet und seine Kraft für weitere sieben Jahre erneuert.«

»Ja«, schleuderte er ihr entgegen, »und wenn ich das Opfer ungeschehen wünschte und Artus lieber tot sähe, könntet Ihr mich vor aller Welt der Untreue bezichtigen. Das wäre Verrat, nicht wahr? – Und warum habt Ihr Artus das Leben gerettet? Antwortet mir – warum? Ihr kennt die Antwort.«

Er hatte sie beinahe erreicht und blickte sie über die beiden bedauernswerten, blutigen Toten hinweg unverwandt an.

»Ich sage Euch, wäre Artus dieses Jahr gestorben, wäre Galahad, dem frommen Ritter, der Vorsitz über die Tafelrunde zugefallen, und England hätte einen König bekommen, wie wir ihn erst wieder mit dem heiligen Edward haben werden. Mordred ist noch nicht auf dem Gipfel seiner Kraft angelangt, und die Liebe zwischen Lanzelot und Guinevere ist noch nicht zur Gefahr geworden. In sieben Jahren aber wird Galahad den Gral gefunden haben und verschwunden sein, und arges Übel wird Guinevere und Lanzelot befallen, Mordred wird Artus' größter Widersacher sein, und die Tafelrunde wird sich auflösen und den Menschen verloren sein – bloß weil Artus weitere sieben Jahre leben soll.«

»Ich weiß.« Die dunkelgewandete Frau warf den Kopf zurück. »Artus soll in der Tat weitere sieben Jahre regieren, während sein Königreich auseinanderbricht. Ich aber werde die wahre Königin des Landes sein – ich, Morgana le Faye, die Herrin der Magie.«

»Und deshalb«, Merlin blickte mit grimmigem Bedauern auf die beiden Toten nieder, »deshalb mußten diese beiden sterben – wißt Ihr, was Ihr da getan habt?«

»Ja, das weiß ich«, antwortete sie lächelnd.

»Hör mich an, Melior«, sagte er und wandte sich halb zu mir um. »Hier ist die Wurzel des besten Teils des britischen Stamms gestorben – der Anfang jenes Geschlechts, das den Geist Artus' in die kommenden Zeiten hinein gerettet hätte.«

»Mein Geschlecht wird ihren Platz einnehmen«, entgegnete die dunkle Hexenkönigin.

»Euer Geschlecht, Morgana?«

»Ja, warum nicht ... Komm her, Bertilak.«

Als ich diesen Namen vernahm, blickte ich mich angstvoll um. Das Untier, das uns hergetragen hatte, war verschwunden, und an seiner Stelle stand ein Mann da, ein Ritter in einer grünen Rüstung – ein derber, stämmiger Mann mit ergrautem Haar, aber jedenfalls kein Untier. Er blickte Morgana mit angstgeweiteten Augen an, als kämpfe er mit sich.

»Komm her, Bertilak!« wiederholte sie – er aber rührte sich nicht. Sie zuckte mit den Schultern.

»Um einen treulosen Geliebten ist es nicht schade. Ich werde einen neuen finden – es wird immer einen geben, der die Herrin der Nacht liebt ... Was meint Ihr, Merlin? Habe ich nun gesiegt?«

Er seufzte schwer, als müsse er gegen seinen Willen eine Entscheidung treffen.

»Nein. Den Sieg kann ich Euch nicht zugestehen. Artus' Bestimmung muß sich erfüllen, denn die Würfel sind gefallen – das Opfer ist vollbracht und sein Leben zu meinem Bedauern verlängert – den Tod dieser beiden aber werde ich nicht hinnehmen.«

»Was wollt Ihr tun, mein lieber Merlin, wenn nicht die Toten wieder zum Leben erwecken?«

Er blickte sie durchdringend an.

»Auch das läßt sich bewerkstelligen, vorausgesetzt, man zahlt den Preis.« Er winkte sie beiseite und schritt an ihr vorbei. »Ich bediene mich nun einer stärkeren Magie als der Euren, Königin der Täuschungen, und Ihr wißt es. Also macht Platz und hindert mich nicht. Melior und Bertilak, tragt die Toten in den Kreis hinein und legt sie auf den Altarstein.«

Nun begab sich etwas Seltsames und Erhabenes. Bertilak und ich hoben die Toten hoch, und nachdem wir ihnen so gut es ging das Blut abgewaschen hatten und ihre Gliedmaßen und Kleidungsstücke arrangiert hatten, legten wir sie Seite an Seite auf den großen Altarstein im Innern des Kreises nieder, mit den Füßen nach Osten weisend.

Zugegen waren nur Merlin, ich selbst und der seltsame, stämmige Mann mit dem demütigen Blick, der Bertilak genannt wurde und das Untier gewesen war; nun bewegte er sich nach Merlins Anweisungen schweigend hierhin und dorthin. Die Hexenkönigin machte keine Anstalten, uns zu behindern; sie hatte sich stolz und voller Verachtung zurückgezogen, doch von dem Moment an, da wir den Kreis betreten hatten, dachte wir nicht mehr an sie. Merlin stand an der Ostseite des Kreises, der aufgehenden Sonne zugewandt – er schien größer geworden, und der graue Umhang, den er unterwegs getragen hatte, war nun weiß. Vorne auf der Kapuze leuchtete der Tribann, der Juwel der drei vom Himmel herabkommenden Lichtstrahlen; auf seiner Brust funkelte prachtvoll der Schlangenstein.

Das kalte Morgenlicht, das den blutigen Ort des Geschehens bei unserer Ankunft erhellt hatte, kroch in den Kreis zwischen den hohen Steinen, doch mittlerweile war es eigentümlich rot gefärbt, und hinter uns im Westen bauten sich mächtige Gewitterwolken auf. Die Luft war unbewegt über dem sich meilenweit erstreckenden Schnee – kein Lüftchen regte sich, und von fernen Gehöften drangen die Alltagsgeräusche des Lebens an mein Ohr, so abgesondert von uns, als entstammten sie einer anderen Welt. Die sich auftürmenden Wolken rückten näher, und die Stille und Erwartung vertieften sich, als werde ein Bogen gespannt. Merlin winkte uns zu sich und erklärte uns mit raschen, leisen Worten, was wir zu tun hätten.

Und so nahmen wir den Rhythmus eines großen Rituals auf; Teile davon kannte ich bereits, nicht aber seinen ganzen gewaltigen, feierlichen Ernst. Schutzkreise wurden angelegt, Reinigungen vollzogen und die Vier Engelsmächte und die über allem stehende Dreieinigkeit angerufen; mehr darf ich jedoch nicht sagen. Und dies alles, während die Gewitterwolke im Westen immer näher und näher kam, und sich die Stille immer mehr vertiefte.

Dann hob Merlin zu singen an, einen einzelnen tiefen, summenden Ton, der sich nicht veränderte, sondern bloß immer weiter vibrierte; und Bertilak stellte sich hinter ihn und hielt das funkelnde lange Schwert in Händen, das den beiden den Tod gebracht hatte. Er hielt es mit der Spitze nach unten, und dann reckte er es mit beiden Händen hoch über den Kopf empor. Und im selben Augenblick stieß Merlin einen gewaltigen Schrei aus, beugte sich vor und ergriff je eine Hand des Ritters und der Lady.

Dann spaltete der Blitz den Himmel, und die Erde erbebte – der Blitz lief am Schwert entlang, das Bertilak in Händen hielt, und hüllte uns einen verwirrenden Moment lang ein.

Und dann war es vorbei – und wer kann sagen, wie lange der Donner noch im Erdboden nachvibrierte, bis ich die Augen aufzuschlagen wagte.

Die beiden, die tot auf dem Altar gelegen hatten, hatten sich erhoben, hielten sich eng umschlungen und schauten einander unsagbar glücklich in die Augen. Merlin war noch auf den Beinen, schwankte aber. Ich eilte zu ihm und stützte ihn, bevor er stürzte.

»Der Sonnenaufgang ist vollendet«, hörte ich ihn sagen.

Ich bettete ihn mit dem Rücken gegen einen der aufrecht stehenden Steine; den Stab hielt er nach wie vor in der Hand und blieb auch noch eine Weile bei Kräften.

»Sie werden leben«, brachte er mühsam hervor. »Sie werden leben und ihre Bestimmung erfüllen.«

Und als der Ritter und die Lady vom Altarstein vortraten, sah ich voll Bangen und Zweifel, daß in ihrem Weg die Hexenkönigin bäuchlings hingestreckt lag.

»Seht nur, Meister!« flüsterte ich ihm zu, »Morgana le Faye! Was soll mit ihr geschehen? Wollt Ihr nicht den Ritter bitten, sie zu erschlagen und ihrer Bosheit ein Ende zu machen?«

Mein Meister wandte mir seine großen blauen Augen zu.

»Nein, Melior. Sie darf unter keinen Umständen getötet werden. Denn sie ist Traum und Fantasie und Schein, und ohne sie wäre die Welt ein Stück ärmer. Sie muß weiterleben, denn wir werden sie immer brauchen. Ihr aber, Gawain, sollt Euren Fuß auf ihren Kopf setzen und Macht und Weisheit aus ihr ziehen, solange sie am Boden liegt.«

Gawain, der hochgewachsene Ritter, an dessen Arm sich noch immer die Lady klammerte, setzte seinen Fuß auf den Kopf der besiegten Hexenkönigin. Und es schien, als ginge ein Licht, eine Kraft auf ihn über, ströme durch seine Füße und seinen Körper, entflamme seine Stirn und kröne seinen Kopf; und seltsam, das Wesen, auf das er den Fuß gesetzt hatte, schrumpfte, bis nur noch der Schädel und ein paar Knochen übrig waren, die ins Gras einsanken und im Erdboden verschwanden.

Ich sah wieder meinen Meister an, denn der Schatten des Todes fiel auf sein Gesicht.

»Ich habe den Preis gezahlt, Melior«, flüsterte er. »Ich sterbe. Nimue ruft mich, und ich gehe mit ihr nach Broceliande. Irgendwann werde ich zurückkehren ...«

Und das Licht in seinen Augen erlosch, und er war tot. So verschied Merlin, der Magier Britanniens.

Der Ritter und die Lady blickten traurig auf ihn nieder. Ich legte ihn auf die Erde und ging zurück zu Bertilak, der noch immer unbeachtet am Boden lag. Das Schwert in seiner Hand war verbrannt und bis zum Heft geschmolzen, doch er lebte. Seine Augen blickten leer und stumpf, und er streckte mir die Hände entgegen.

»Blind, blind!« murmelte er. »Gebt mir Eure Hand – es ist dunkel. Nehmt mich mit – wohin Ihr wollt!«

»Kommt, Sir«, sagte ich, »ich werde mich Eurer annehmen.«

Er erhob sich schwankend.

»Aber ich habe sie erblickt«, sagte er. »Und ich werde sie bis ans Ende meiner Tage vor mir sehen. Nicht die Zauberin – von der bin ich endlich befreit, denn ich habe meine wahre Herrin erblickt, die ich bis in alle Zukunft lieben werde. Die Muttergottes mit dem Kind in den Armen. Ob es wirklich die Muttergottes war, die Jungfräuliche, oder – jemand anders, das weiß ich nicht; doch ihr gilt meine Liebe, und ich bin ihr Gefolgsmann, für dieses und für alle weiteren Leben.«

Und so faßte ich ihn beim Arm und führte ihn. Doch bevor wir von jenem Ort aufbrachen, nahmen wir alle vier um Merlins Leichnam Aufstellung, der auf dem Altarstein lag; im Norden, Süden, Osten und Westen standen wir, wie die Vier Erzengel um Britannien herum stehen. Und die Wolken lösten sich auf, und die strahlende Morgensonne fiel auf sein Gesicht.

Historische Romane im dtv

Historische Romane im dtv

Diana Norman
Die Piratenkönigin
Roman · dtv 20115
Irland im 16. Jahrhundert. Im Dienst der Königin wird die junge Barbary auf die rebellische Insel geschickt. Inmitten von politischen Intrigen, Freiheitskampf und Krieg erlebt sie die Schönheit und Tragik Irlands – und ihre große Liebe.

Rosemarie Marschner
Nacht der Engel
Roman · dtv 20286
Italien zur Zeit der Renaissance. Die schöne Francesca hat alles, was das Herz begehrt. Und bei Lorenzo de' Medici ist sie ein mehr als nur gern gesehener Gast. Aber es ist auch gefährlich, der Fürstenfamilie so nahe zu stehen …

Rosemarie Marschner
Der Sohn der Italienerin
Roman · dtv 12160
»Prinz Eugen, der edle Ritter…« Rosemarie Marschner erzählt das Schicksal eines der berühmtesten Helden der Neuzeit auf spannende und psychologisch raffinierte Weise.

Jochen Klepper
Der Vater
Roman eines Königs
dtv 11478
Die »äußere und innere Geschichte« Friedrich Wilhelms I. von Preußen – viel mehr als nur ein historischer Roman: eine Dichtung von unvergleichbarer Prägnanz.

Wolf von Niebelschütz
Der Blaue Kammerherr
Roman · dtv 12600
Das Inselreich Myrrha im Jahr 1732. König Alphanios ist das Opfer intriganter Minister und Finanzleute. Prinzessin Danae versucht allen Intrigen zu begegnen, um ihrem Land zu helfen. »Ein europäisches Märchen.« *Peter Härtling*

Eveline Hasler
Anna Göldin. Letzte Hexe
Roman · dtv 10457
1780. Die schöne, eigenwillige Dienstmagd Anna Göldin wird des Kindsmords und der Zauberei angeklagt. Die Geschichte des letzten Hexenprozesses in Europa.

Wolf von Niebelschütz im dtv

»Sollte der nicht unsere ganze Bewunderung verdienen, der uns auf solche Weise zu bezaubern vermag?«
Walter Boehlich

Die Kinder der Finsternis
Roman · dtv 12030

Ritterturniere, Minnedienst, Liebe und Politik: Mitten in das höfische Leben der Provence im 12. Jahrhundert gerät der rätselhafte Schäfer Barral, dem man magische Kräfte nachsagt. Um seine Herkunft ranken sich Gerüchte, die nicht verstummen wollen, und trotz seiner niedrigen Geburt erhält er die Schwertleite. Er verliebt sich leidenschaftlich in die schöne Judith, die Tochter Dom Roderos. Doch die ist bereits mit dem düsteren, schweigsamen Otho verheiratet... »Solche Bücher entstehen auf der Welt nur alle Jahrzehnte einmal, und sie wischen Jahrzehnte Mit-Literatur vom Tisch.« (Hans Wollschläger)

Der Blaue Kammerherr
Galanter Roman in vier Bänden
dtv 12600

Wolf von Niebelschütz hat aus der Geschichte von der schönen Prinzessin Danae, die den Göttervater Zeus zurückweist und damit dessen Zorn auf ihr Inselreich zieht, ein Meisterwerk gemacht, eine wahrhaft symphonische Dichtung. »Was sich hier wie eine grandiose spätbarocke Maskerade darbietet, ist der bezauberndste Roman, der in Deutschland in den letzten vierzig Jahren geschrieben wurde. Wenn es möglich ist, das Wunder Mozart mit den Mitteln der Sprache auch nur ahnend zu erreichen, so ist es hier literarische, poetische Gestalt geworden... Ein Buch wie dieses ist nach 1945 nie wieder im deutschen Sprachraum erschienen.« (Eckart Klessmann, ›Frankfurter Allgemeine Zeitung‹)

Gioconda Belli im dtv

»Die große Poetin Nicaraguas, eine der wichtigsten Stimmen in der Literatur Lateinamerikas.«
Abendzeitung

Bewohnte Frau
Roman · dtv 11345

Die junge attraktive Architektin Lavinia steht am Beginn ihrer Karriere. Sie führt in der Hauptstadt ihrer lateinamerikanischen Heimat das unbeschwerte Leben einer unabhängigen Frau aus der Oberschicht. Dann aber verliebt sie sich in Felipe, der mit der Untergrundbewegung des Landes zusammenarbeitet...

In der Farbe des Morgens
Gedichte · dtv 11565

Gedichte – kämpferische, erotische, poetische – von Gioconda Belli, der großen Schriftstellerin Nicaraguas.

Tochter des Vulkans
Roman · dtv 11678

Der reiche Kaffeepflanzer Ramón nimmt das Zigeunermädchen Sofia an Kindes Statt an. Sofia heiratet früh, aber ihre Ehe mit dem machistischen René ist ein Desaster...

Zauber gegen die Kälte
Erotische Gedichte · dtv 12577

Waslala
Roman · dtv 12661

Die junge Melisandra lebt auf der Hacienda ihres Großvaters. An den Ufern des Flusses vergeht die Zeit langsam – bis die Schmuggler aus dem Norden kommen, wie jedes Jahr. Mit dem amerikanischen Journalisten Raphael begibt Melisandra sich auf eine von Leidenschaft und Abenteuern gezeichnete Reise ins Innere des Landes. Mit ihm will sie endlich Waslala finden, den Ort der ewigen Träume...